文學騎士

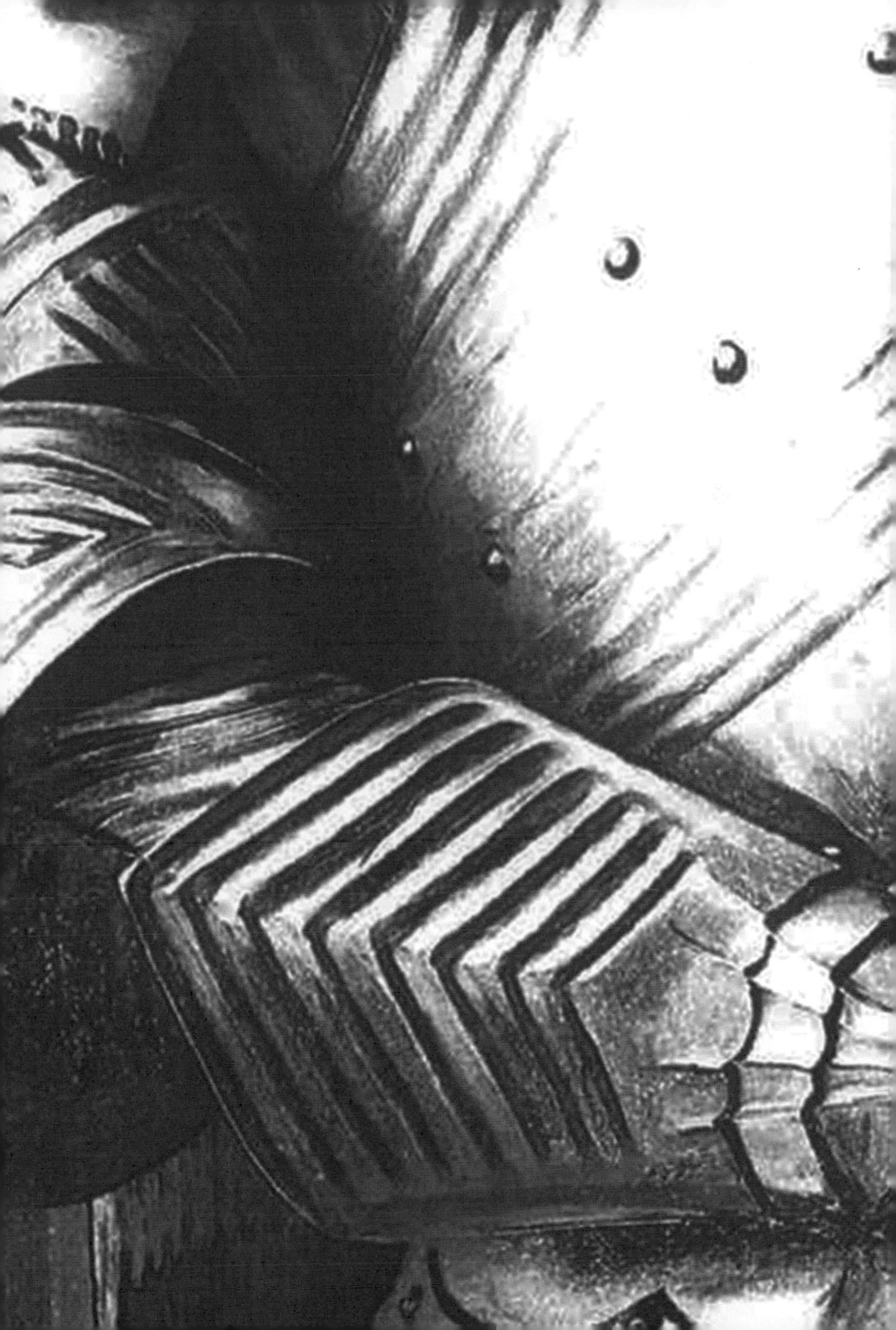

推薦序

文祺：

《文學騎士》是我多年未曾有的閱讀經驗，一方面因為屢次深入，不論因為敘事或抒情，或單純的以及可能複雜的評論（歷史和傳說），不期然看到其中浮升的詩的文字並為之停歇，感覺上正積極參與，如一種創作，而致產生了遲疑的現象，（或就是 negative capability）。就揮筆在你的打字稿上注記些符號印象，例如愛因斯坦的夢以及接下來的彼此朗讀，翻譯（產生歧義），我的虛構逃為文字，讀柏拉圖的偽經，一座日晷儀象徵時間的完整和循環。

另一方面其實多因為我視力產生的問題，每每在要緊關頭失去持續追究的力。上面說的，我猜你或許可以了解。你戮力創作的心也是教我們為之參與擴大或深入的境界，另一個時代的象徵和寓言，完整而循環的虛構。

我想我最應該作的是將文稿讀完或故意留下一小部份，想像那並不是殘餘，而是所有未知的可能。這些也是我回憶起四十年前或更久，當我斷斷續續寫畢年輪的時候，並沒有想到序和跋，因為心中已經有了自己的構想和結論，所以我就想，也許我們的文學騎士就單獨撻進，我斷定這會應該就這個形式出版，體例已經完成，其他就交給能想像的讀者去追蹤吧。

楊牧

寫給未來的虛構史（序）

在科索沃戰爭不久後，我逃到蘇黎世，在車站大街附近秘密結社，編輯黨外雜誌。在大雪覆蓋的聖誕前夕，我仍加緊趕工印製禁書，渴望在年初送回祖國，給人民一劑新的想像。下午，一位神秘人物穿著黑色大衣進入我的工作室，我以爲是敵軍南斯拉夫聯合共和國（簡稱南聯盟）要來逮捕我。恐慌之虞，我把幾篇稿子丟進爐火燒了，沒想到對方只是逼近我，丟給我一份書稿，並說幾天後再找我。

我感到憤怒，何必這樣神秘兮兮地呢？又害我損失了幾篇重要稿子，分別是法特米爾．魯戈瓦（Fatmir Rugova）草創的〈科索沃獨立宣言〉，以及另一篇匿名文件〈現代世界如何建國〉。但秉持兼容並蓄的精神，我還是讀了黑衣人留下的稿子，或許會是一道隱匿的眞理，襲來的波浪，或夢中的完美世界。之後，我將稿子放在公事包帶回家，整晚當作枕邊讀物來讀，並沉沉地睡去。一早醒來，我知道我做了許多詭譎的夢，相信一定是稿子害的，所以我說，這本書稿簡直胡亂拼湊，鄉野怪談多於歷史考證，當作一部虛構史來讀尚可觀，卻不足以支持民族觀點甚至納入國族寓言。主角與歷史學家兼編輯之間的角力，和詩不同的解釋，都可以說瑣碎又無聊。然而，我依然決定刊文，或許讀者能在黑暗中找到幽冥的火。因此，文選的內容如下：

★★★★★

列支敦斯登一帶的封地相當富饒，除了有太陽、月亮、星星輪流守護，還有礦產、酒莊、農田。做為當地的學者哈略特（Harriot），我任職於皇家學院，掌管各朝各地的歷史編纂、蒐集時，已將知識目錄編整完畢，甚至在遠東的國度，曾經焚書坑儒，它的卜筮、偽經、標本，這些我早已派人運來，存放在學院，彷彿重現了那焚毀的亞歷山大圖書館。

若干年前，女王想將本地的收藏從真實文本擴充到虛構的文本，也就是說，從歷史、醫藥、農業等擴展到文學與哲學，目的為蒐集較為生疏、奇幻的作品，期望在裏面找到現實，並印證歷史行進之必然。因此，女王下詔，舉辦了盛大晚宴，邀請十二位聖十字騎士團的成員共享佳餚，其中包含我的好友騎士艾克特 (Sir Ector)、我最討厭的騎士，也是他的孿生兄弟貝德維 (Sir Bedivere)，以及美麗的女騎士蕾奧妮 (Sir Lyonesse)。宴會期間，女王指示十二位騎士出遊，並採集表現各地風俗的詩歌，呈交給我來編纂，來拼湊出完整的世界。所有的騎士起身，舉起酒杯齊賀女王，並將所有的榮耀獻給她。

第二天，貝德維披著聖杯的榮耀，在村民和兄弟艾克特的目送下離去。他之後擊斃了吞食光的猛獸，所到之處集結的詩也確實值得收藏。然而，我認為這根本是他虛構的作品，讀者應該知道我和他為此吵了一架。但最根本的原因，是我倆早已不和，在我細心挖掘獅心王理查的情史時，他插入一堆不可能的情節，打擾我的工作。

坦白說，我真討厭這些虛構的情節。

貝德維很煩，但他有很大的夢想，虛構的，小說般的，就和他的雙胞胎兄弟艾克特一樣。我覺得，艾克特確實比貝德維帥很多，人又風趣，得到更多女性的青睞。雙方女性組成了後援會，有人支持貝德維，更多人喜愛艾克特，她們送兩位騎士野菜、母雞、乳牛、和呱呱的野鴨子。她們知道艾克特和蕾奧妮的戀情，但做為假想情敵，她們簡直恨透她了，嘲笑她棕色又捲曲的長髮，還有不時露出的男孩子氣，更多時候是丟青蛙在她身上，嚇她。

總之，蕾奧妮貴為女騎士，和艾克特一起的時光並不好過。

為了蕾奧妮之事，艾克特至圖書館找我，通過陰暗、潮濕、又疊床架屋的木造甬道，來到角落。他帶來勃根地的紅酒，見到我正在檢視《部落巫術史》的真偽，他說：「喝吧，我明天就要上路了。」我說：「去哪？」他說：「蕾奧妮不知為何不告而別地走了，我要遊遍世界追她回來。再說，女王陛下對兄長蒐集來的詩歌讚譽有加，鼓勵我效法他。所以我明天就要啟程了。」

這是三年前的事了。

後來他憑著女王賦予聖十字騎士的聖物「黃金沙漏」，反轉之間穿越了時空，遊歷各地，甚至到了過去與未來，目睹了二戰與恐怖主義，最後帶回蕾奧妮，在朝廷見了女王，並報告所有見聞。他和蕾奧妮的故事，那婉轉動人的奇蹟在本地傳開了，婦女們認可他們的愛情，不再作弄，並說一定是他們的愛情感動了上蒼，艾克特和蕾奧妮最匹配了！見完女王，我最好的朋友艾克特親自交給我這本選集，並說：

「這是一本寫給未來的虛構史。」

好吧。

後來幾天，他除了習武、巡視莊園之外，就是來我家，和我談過去的歷險，也因此我在編纂文本時，能夠針對每一首詩寫下閱讀的方法和背景。當然，有些地方虛構了，就跟他兄弟一樣，對幻想的事物總是著迷，我卻認為，這些詩歌的美妙，可以忽略真實與否。終於，我編纂成冊，將整本詩集命名為《騎士詩歌集》，複製一本獻給女王，並將唯一珍本置於編號11的書櫥，我想，未來或許有哪個蘇黎世的編輯，或哪個東方小國看到這本書，大概除了驚歎之外，也會喜愛寫給他們未來的虛構史吧。

騎士詩歌集

上卷

下卷

上卷

伊卡洛斯

有人說他墜落於
寧靜的海，有人犁田
大事不擾的山水畫
有人目擊並向警方備案
以為歡愉的浪花簇擁著神
但沒人知道是伊卡洛斯
奧林匹克的游泳好手，登岸後
遠離古典在速食店打工

我見他在午夜的暗角
收拾著餐盤，他的肌膚
提示夏天的海浪，沉著的雙臂
收好了翅膀，而背後的光輝
像神秘的圖騰使人迷惑

或許他曾經想起
和父親逃脫的過程
存在於龐大的敘事結構
有動人的情節和英雄事蹟……
水妖吟唱重傷的歌
將出現在第三百一十七頁

以及吟遊詩人的出現恐怕已被
米諾陶咬走，還有其他不幸的英雄
在八月成為了幽靈
只有他和父親，放棄了
無止盡的迷宮飛越了文學
道成肉身在波士頓的黑人區著陸

這將是另一段
小說的開始與都市傳說
他放下所有思念，將意識
注入人類的第一部文學史
訴說當代人戰慄的生活

如午夜消失在公路上的乘客
那不屬於古典
屬於後現代的真實……

評〈伊卡洛斯〉

艾克特在所到之處採集了許多詩歌，這些詩忠實反映了他、貝德維、和蕾奧妮的一生。第一首詩是〈伊卡洛斯〉，我們可以藉此，從頭談起父親蓋爾和失蹤事件。

貝德維和艾克特的父親蓋爾（Sir Ger）曾受封為翻譯騎士（Knight of Translation），因為他懂三十六種語言，並將所有學科，舉凡文學、哲學皆翻譯成本地語言。在女王統治的疆域，各學科的學者必經過他的譯本，方能通曉更廣博的學識，踏入知識深邃的殿堂，因此，他是所有的學科之父。翻譯騎士認為，知識所代表的語言必為恆一，也就是說，知識建築於單一語言之上。為此，他努力成為最富學識的騎士，並將所有文本翻譯成一座知識之城。

蓋爾最為人稱道的，是在十五歲出版維吉爾的最新譯本，並透過考究，忠實呈現羅馬史詩，使讀者在閱讀的同時墜入文字迷宮，彷彿在轉角的深處遇到米諾陶，然後被銜走而屍骨無存。

在二十歲時，蓋爾娶了可愛的妻子，並在隔年春天，當麻雀高歌的時刻，生下了一對雙胞胎，他取名為艾克特和貝德維。這一段時期是最美、最幸福的時光，他在書房教孩子識字，嬌小的妻子在庭院餵松鼠，又跑到廚房張羅晚餐，告訴廚師別忘了迷迭香和煎魚，然後又勤快地跑到客廳，和僕人確認信件的送達，不時發出：「好嗎？」或「這樣嗎？」這類天真的疑問詞，最後發出「好的！」肯定詞後，旋即跑到書房，親吻蓋爾一次。此時，他在書房教孩子識字，聽到一切的聲響，安穩又妥貼地傳來，伴隨著布穀鳥的咕咕聲，畫眉的嘰嘰聲，松鼠的笑聲，煎魚油炸聲，拆信封的撕裂聲，他試圖將這樣的幸福感翻譯成文字。幾個月後，他出版了一系列的民謠選集，獻給妻子和孩子。

透過黃金沙漏，他也四處旅行，蒐集各時代的知識標本，例如希臘時期遺失的基督教經文，抑或四散在死海的古卷。蓋爾翻譯它們，漸覺得自己快完成無上的文字迷宮，迷宮中深藏完整的知識體系，這使他相當快樂。直到有一天夜深人靜，妻子將孩子抱回房裏睡了，他正獨自工作，此時，蓋爾遇見了撒旦，從角落的陰影處升起，如浮士德到達知識的頂端，將和梅菲斯特訂立契約，或如馬丁路德在翻譯聖經時，遇到了魔鬼。

撒旦說：「你好，騎士。我想跟你打個賭。」

那會是甚麼賭呢？騎士放下筆，並想著。

「我就直接說了。我擁有許多的信眾，他們拜我為神，並認為可以從我這得到無上的知識。但只有你發現真實的教義，你創造的知識迷宮使我感到不安，因為你會帶領人們走進去，最後到達迷宮的核心而認識真理！所以，我給你一道謎題，如果你解開了，將擁有所有翻譯的文本，包含那些失落的、誤傳的、未來的，但如果你輸了，將受永恆的懲罰。」

那會是甚麼懲罰呢？身為為騎士，當別人下戰帖，也就只能正面迎戰了。

「告訴我，甚麼不能被翻譯？」

這是很大的難題。蓋爾認為，所有的事物可被翻譯，語言、文化、音樂，甚至個人的生命，抽象的記憶、愛情、笑與恨，秋天紅鞋踩過的足跡，晚燈下低頭的眉目，一個人的信仰，神的呼召，只要透過適當的手段，皆可被複製、架構，並歸類為文字迷宮。他真地想不到，如果知識能夠達到的地方，有什麼能不被翻譯？

「但你不能翻譯你的未來。」撒旦露出狡猾的尖牙，並揭露了謎底。

蓋爾向撒旦爭執，說這樣的答案也未免可笑，他能翻譯所有人，包含自己的未來。但撒旦回答：「你曾翻譯過今晚落入翻譯迷宮的懲罰？如果不曾翻譯，那就試著落入，並為自己翻譯。如果你曾翻譯，那你應該料到無法逃離這永恆的迷宮。」

第二天，清晨的太陽驅散了黑暗，大地又再一次歌頌幸福的時刻。剛睡醒的妻子想起整晚沒睡的丈夫，便走到書房，但她只看到了鵝毛筆，一本正在翻譯的書，和打翻的墨水，並沒有人在這裏。藍鵲吱吱，文鳥咕咕地叫，她知道有事發生。她抱著小艾克特，急忙走到桌前，看了最後一段被翻譯的文字，上面寫道：

「再見了世界，我得繼續留在這裏。」

搶救動物大作戰

聽說每一小時非洲就會流失六十分鐘

我和我的生物學家
決定動身，前往非洲
和獅子廝混，大象群居
長頸鹿慵懶地午睡不帶敵意
我們在搶救動物大作戰

先將牠們趕上舟
繫好纜繩，讓船緩緩流盪
進入黝黑的剛果河

穿梭重疊密林，通過時空
航向一座盜賊的動物園

我們允諾牠們
擁有完整的一分鐘
一世紀，一次的永恆
直到時間如蜂蜜罐封好
各種動物的聲響
放在沒有時間的時間
為此牠們以各種色彩來狂歡
爭相搖晃牠們的背脊與
翅膀，甚至你看花豹展開新的愛戀

犀牛也吹起牠的號角
背後是湧動的真空

這是我們的動物園
我們在此放牧、餵食
像一對不出世的舊世紀戀人
藏在羞澀渺小的愛戀裏
等待偉大的繁衍季
消耗過多的時間

評〈搶救動物大作戰〉

蓋爾的失蹤造成國內的動盪，沒有人能透過他的翻譯獲得知識，書籍的翻譯與出版頓時陷入困境，許多語種甚至滅絕，因為他是懂那些語言的最後一位專家。坊間開始謠傳著陰謀論，認為他半夜離家，隱居山林並圖謀篡位，沒有人知道他落進了自己建造的翻譯迷宮，正透過自己的翻譯尋找出口。總之，翻譯這行業在女王的領地之下絕種了，不再有人能獨自翻譯所有學門，通曉所有的語言。現在，只能靠單獨的天文學家、物理學家、經濟學家，憑藉自己懂的唯一外語，翻譯自己熟悉的科目，知識的流通也越來越狹隘。

詩歌〈雨林，壯美的文明〉就是一例，該詩為南美洲原住民以卡西納瓦語(cashinahua)寫成，他們有一千六百個詞彙，並稱這些詞彙為「真正的文字」。這首詩是典型的例子，融合了考古、歷史、文學與哲學，詩歌共計四節，為詩人於初夏之際所作。詩中第一節描寫敘事者於美洲木棉樹下盤坐，對於雨林產生連翩的幻想，他聽見金甲蟲在果實間躡足，瑣碎，卻又顯明昭著，以及在清晨，鳥兒的輕呼彷彿給予他至聖的靈感，他寫下了最深沉的愛戀。在第二、第三節，則進入想像的雨林中，那最深邃的瑪雅文明，高聳的神廟，雕像和花紋神柱。詩人的語言滾燙、大膽、且狂放，他不斷囈語，宣稱「在夢中出現的太陽／曬著我焦躁的身體，成為／金色的老虎」，彷彿我們看到美洲虎在密林間，即將滅絕的最後一隻貓科，那短暫的呼嘯，成就最美妙的詩歌。然而，在第四節，詩人繼承了那樣滅絕的孤寂，他卻並不孤獨，筆勢一轉，回到想像之後的現實，以時光的譬喻作結，彷彿一首詩已經完成。

親愛的讀者，在這裏我無法附上〈雨林，壯美的文明〉，因為該作品尚未被翻譯，抑或說翻譯了，但有誤譯。又或者說該作品過於神聖，我使用的語言只能重現片面的現象，無法捕捉其完美。又或者說，在翻譯騎士消逝之後，無人能以龐大的知識，正確捕捉另一種抽象的精神。因此，我只能附上〈搶救動物大作戰〉，是〈雨林，壯美的文明〉誤譯之一例。它出自於生物學家之手，這位學者以為談的是獅子、大象、長頸鹿，甚至主觀地放入他的意念，那對於時間流逝的恐懼。他或許想透過「超譯」，達到「超然」的境界，進而和神聖冥合。他是失敗的，詩歌彰顯的是世俗，而非崇美，彷彿聖靈從未顯靈、邏各斯被否定。然而，這首詩卻又得到當地人許多的稱讚，認為他忠實呈現外國文本，所以，我必須指出其中的意圖不善。他使我想起東方小島稱作福爾摩沙的國度，有一位學者時常超譯許多文本，造成讀者的誤解，將「正統猶太教」(Orthodox Judaism) 譯成「東正教猶太」，形成無中生有的第二種宗教，帶動一群讀者盲目信仰，最後各學派林立，自成體系，甚至是暴動。我們必須防止這樣的事在本地發生。

伊曼努爾・康德

他生於一七一二年的柯尼斯堡
取名為伊曼努爾・康德，家族
源於蘇格蘭，輾轉到東普魯士
之後定居於此，以製皮維生
他的祖父輩以抽象的記憶將
故鄉化為一件件精美的皮革
像是一首寫給雨季的詩
年輕的小伊曼努爾在主日學校
領受嚴肅又無聊的教導

讓風吹過他短短的金髮
一個羞赧的兒童，在窗前發呆

他在大學時代愛上了喬安娜
喬安娜喜歡將頭髮盤得高高的
像海潮捲起的飛魚，橫越了大西洋
他將愛的多種可能寫成一篇文章
關於火焰如何在哲學中燃燒
但喬安娜不再微笑，夏季跟著縮短
七年戰爭也跟著敗退至森林
並度過了冬天，當俄軍殖民了小城
他選擇沉默，在心底構築一座城

並呢喃：我需要你喬安娜詮釋我的存在

那城是一座上帝之城
在紙與紙，和玻璃杯之間折射
一座虛幻的烏托邦，每個人都是合法公民
和諧的制度，享有和宇宙的愛戀
事物一蹴可幾又千變萬幻
就像走進花叢迎來的瓊宴
沒有人是難民、戰俘、與孤兒
跳舞，帶花，並歌頌酒神
不停流逝的時光讓夏天
看似很長，卻常駐於此

小鳥以歌聲打斷了他的思索
他將稿子收好，帶給喬安娜
喬安娜的頭髮依然盤得高高的
像海潮捲起的飛魚，橫越了大西洋
她終於能揣摩兩百年後的世界
沒有不告而別，沒有孤立
一座方舟駛向正確的航道
滿載歡騰的動物
世界在敦厚中形成
愛將走得越遠、越親密

評〈伊曼努爾・康德〉

翻譯產生了歧義，為了唯一的詮釋權，產生了各樣的紛爭，彷彿恐怖攻擊或世界大戰，有人造謠，有人匿名黑函，有人發動政變，教唆目不識丁的農民們，掀起了各地小規模的內戰。貝德維和艾克特在這樣的慌亂之下長大，他們學習騎士應有的科目，射御書數，彰顯了「二為一」的精神，同樣的舉止，同樣的聲調，連騎士比賽時，射箭的成績也一模一樣，評審只好將冠軍同時頒給倆人。沒有人能分辨他們，連母親也是，甚至他們自己也分辨不出，有時艾克特以為自己是貝德維，貝德維以為自己是艾克特，他們領受對方的名字、榮耀，向對方追求的女性談戀愛，和對方的女性做愛。例如，貝德維在十八歲時，曾迷戀一個農村姑娘，在幾天的獻殷勤後，發現艾克特在貝德維的房間和她親吻，旁邊一隻花貓在午後伸懶腰。為此，貝德維並沒有不高興，反倒很樂見他的兄弟有了女伴，他甚至問艾克特：「哎，談戀愛是甚麼感覺？接吻是甚麼感覺？」（又或者是艾克特問貝德維，我也搞不清楚了）。他的兄弟回答：「何必問呢？」的確，他們之間沒有爭吵，坐在河邊的樹下看著日落，彷彿回答了自我。

不存在的騎士

這頁之後，出走的騎士
將逃出他的傳奇

在現實中依著船哨、地圖
找到了一首詩和另一首詩的枝末
和廢棄的線索，迷失的情節
他將陷於倒影重疊的小徑
把曲折的生活編纂成書
抵抗文明，以及自身的不存在

我們試著把他喚回
告訴他：「你其實不存在」
並以精緻的陷阱、文字歧途
提醒他記憶中的山水坐落於西
旗幟招展，徽章在旅程中更為榮耀
告訴他，在東北方有一位受難的女性
彷彿重複的預言，在夢中出現
並指示他，沿著書架第五本書
能找到巫師給他無窮力量
最後騙他，抽屜裏住著一群精靈
走進書中，他將看到被擁戴的

聖杯發著光

他將以文字的形式復活

在孤僻的傳奇，從未悲傷

評〈不存在的騎士〉

艾克特有時覺得自己並不存在，只存在於別人的幻想之中，作家的筆下，抑或閣樓中某本傳奇故事裏。他是對的，他是我筆下的人物，他是我虛構的。或許在我睡著的時候，當我停止思維，他有自由自在的時間，能在文字之間喪氣、思考。或許他在我不注意時，不斷蒐集資訊，表面上傀儡般地接受我的指示，暗地找最適當的時機逃出文字。

他逃出了傳奇，但他沒發現腦中已被我植入了追蹤器。他想要自由，我給他自由，讓他在現實闖蕩。我給他的最原始指令為蒐集詩歌，為此，他依然記得這樣的本能，但或許，他這樣做是出於自由的思想，透過蒐集這些生活之詩，來確認自己生活過、存在過，來抵禦「不存在過」的恐懼。

現在，我們試著把他喚回！先畫一條小徑，通往森林裏。這座森林將要畫得非常完美，勝過現實中的殘破。透過追蹤器，我在夢中提醒他有位受難的女性，等著騎士相救。先往東走到第三座小鎮，往大街的第二條小巷右轉第七棟房子。請開門，但不要吵醒正在打盹的作家。你可以先去地窖拿一瓶紅酒喝，配上我準備的牛肉。小心！特別注意客廳的木地板發出淒厲的哀嚎，那是海上水妖唱起的歌想要蠱惑你。你可以先閱讀書架第五本書，那是《古代魔法大全》，你將有更強大的力量，但千萬，千萬別打開第十三本書，那是《各地的飛龍以及找尋之道》，你會釋放所有千年龍獸，也會陷於書中。你可以打開書桌抽屜，那裏有嬉戲的精靈，下一個抽屜是我珍藏的獨角獸。最後，請打開桌上的書，裏面有一位高貴的女性需要搭救。

★★★★★

「別鬧了。」坐在隔壁的艾克特這麼說，他說這首詩不過來自於格拉魯斯(Glarus)的一篇傳奇開頭。我打開窗戶，悠哉地說：「你又如何確定你是否存在？或許你只是我腦海中的投影，例如今早，你和村民的互動，或許是我想像的結果。我甚至知道，你早餐喝了白酒。」艾克特走出房間，不再跟我說話。

今天，我們到此為止。

基督之書

傾聽那低鳴的雷聲
我將道出嵌在天空裏的話語

我是基督
我創造，但也殲滅天地
我被高舉，也被詆毀
我是你唯一的神

我是巧諭的演說家
我是譬喻，是流雲下的真實
我是撒旦的謊言
我的語言甜美，我悖德

我是革命軍、政治犯
我支持仁慈，也宣揚暴力
我驕傲於更偉大的理想，也同時粗鄙
因我殺戮孤兒，也同時被殺

我是教宗
我是刀劍，是愛
我寬恕，也同時論斷
我向天祈求，也向魔鬼交易
我在光明之中，也存於黑暗

所以我是聖母，也是妓女
我是君王，是他的情婦
我是獨裁者，是異議份子
我是納粹，也是猶太
我如此優越，也同時受辱
我是文明，也是野蠻

我是神，我不信神
我是宗教，我不是宗教
我創造，但也親手毀了你
我如此無知，卻也如此博識
我是無所不在的沉默

我是細微的聲音
我的聲音就是我的名
我的名是耶穌

我是一首詩，我是良心
我是錯誤，也是正確
是欺瞞，也是誠實
我要你在兩者之間選擇
當心信仰，保有異端的敏銳

評〈基督之書〉

艾克特在羅馬的圖書館發現了〈基督之書〉，與後來在埃及的拿戈瑪第(Nag Hammadi)發現的〈雷電，完美之心〉(Thunder, Perfect Mind)並列為雙作。兩者皆闡述了諾斯底主義，有許多細節相當雷同，透過這兩部作品，可猜測該教義在當時的流行範圍，以及如何傳遞。內容上，兩者提示了世俗的二元論，如在〈雷電，完美之心〉，第一人稱的「神」提到祂被高舉，也被仇恨，張揚又同時軟弱，全知又同時無知，是無罪的又同時有慾望的，是妻子也同時是處女，是奴隸也是主人。祂是無神論者，又擁戴自己為神；祂如此愚昧，眾人卻又從祂那學習一切。所有世俗的二元指出一種更超脫的神聖，也就是說，簡單的二分法無法描述神的存在。同樣地，〈基督之書〉作為雙作，也彰顯了類似的價值，只是形式更短，更敏捷和銳利。

艾克特選擇這首詩不無道理，他喜歡矛盾的價值融合為單一元素，像他們兄弟一樣。他常去教會，但如同一般青年，去教會只是為了虛應虔誠的母親，他不相信教會給的教義，因為他發現許多不合理之處。之後，他自己到圖書館，透過自我的學習，才發現更寬廣的宗教世界，他喜歡讀偽經，因為可以觸及更多虛構的教義。他也透過既有文本，想像那不存在或是佚失的文本，如柏拉圖的〈邏各斯篇〉可透過既有的〈斐多篇〉和〈宴飲篇〉的片段參照，構築出一個世界。如今，除了聽取冗長的講道，他上教堂有更公眾的目的，他要和村民打交道，知道他們的難處並解決，做一個好郡主。

有次爽朗的秋天，教徒們站著唱起詩歌，整個教會發出和諧的音響，他感受到時間的整體性，宇宙洪荒中伴隨音樂流逝，同時又感到一陣斑駁的閃光在腦海浮現，他往後回頭，是一個男孩正將陽光透過項鍊的銀十字折射給他，艾克特永遠記得他和雷奧尼相遇的重要時刻。這時唱到副歌，雷奧尼向他做鬼臉，他不甘示弱，也向雷奧尼做鬼臉。

艾克特向朋友探問，方知雷奧尼是河岸另一邊伯爵的兒子。後來，他常在射御比賽看到雷奧尼，雷奧尼的身手矯健，騎馬時彷彿老鷹飛去，又那樣顧盼自得，許多女性向他丟擲花朵，發出：「啊！我的雷奧尼！」就是希望他能夠回頭。然後，比賽輪到了艾克特，艾克特看了一眼雷奧尼，就騎上馬兒奔向了標靶，並射中紅心。當眾人還在猜到底是艾克特還是貝德維時，雷奧尼說：「是艾克特。」至於為何他能分辨，他說，很簡單，只要保有異端的敏銳，所有的「二」都會合「一」，所有的「一」都會分裂成「二」。當艾克特為真實，貝德維則成為虛構，相反地，當貝德維為真實，艾克特則成為虛構。現在是午後，烏龜正在冥想，兔子正在靜坐，是艾克特真實的時刻。

天使之書

好學的天使

午後微雨，在神造的方舟圖書館，有位好學的天使在書堆中小憩。他有棕色的頭髮，高度近視的眼鏡，腦袋總是跳脫文字，追逐更抽象的獨白，此時他背上的翅膀因著喜悅不斷拍昇，光環也顯得耀眼。他喜愛純粹的文字、形象，厭惡隨其而來的聲響。因此，在他的世界裏文字都是沉默的，無法發聲，沒有音譯。天使總知道文字的奧妙，對旋律特別敏感，稍有不順，便打了噴嚏，如擱淺的船骸，洪水淹沒了雨林。

除了棒棒糖、德意志教徒獻上的小熊軟糖，他也思考：如何讓文字凝練成思維呢？平日他在教徒的禱詞中顯靈，授與他們無上的智慧，作為小熊軟糖的回報，他們的喜悅，就像小鳥學會了拉丁文，光學會了行走，複數的世界從雜亂中找到了和諧。在神的圖書館，所有的辯論將併陳為一本本精巧的書，在宇宙的書架上。木質桌上散亂著書、稿紙，他從小憩中醒來，一個哲學星系，即將誕生。

音樂天使

「黑暗世界充滿了音樂」天使對我說。他自星系回來，學成了風笛，便不斷向我宣稱這類幻想。他認為，宇宙中有無上、完整的聲響。高歌的樂器僅能表達部分風景，無法表現陰影的顏色。「所以你必須先等待，沒有信仰，並陷入石縫間的沉默，讓音樂浮現。」

在無人的蘇格蘭高地，坐擁音樂水系的加百列，吹奏著他的風笛。柔軟的音符不存於樂器，亦不存於音符本身，而是沉浸在時光的記憶、它拘謹的秘密裏。在他的教導下，我聽見了宇宙完整的音樂小聲唱著，像新葉展開，織就好看的裹巾，包裹神，如創世的棄嬰。我說：「把嬰兒獻給寧靜的你。」

驕傲的天使

那位年輕、驕傲的天使，在翱翔時丟了翅膀。他墜入鬆軟的雪中，抱怨命運的荒蕪。他身上的光芒因疲憊而黯淡，躺在河岸，看著天上的星，回想鑄成大錯的一瞬間，但腦中閃現的，僅是天堂、聖歌、與禱詞，還有上禮拜「大天使及格考」的正確答案，噢還有那作弊的淘氣天使！但眼看前面村莊的燈火漸漸熄滅，將入子夜，此時他更焦急了，因為他還得飛到雙子星參加宇宙會議，和眾天使討論氣象。

他感覺自己快要消失了，沒有了翅膀，如同沒有了宗教、榮耀、與慰藉。他可是掌管上帝花園最優秀的天使，總是散發燦爛的光，讓天堂為之躬身，花朵想起了色彩，種子想起了未來。他擁有最迷人的微笑，如果能尋路找回翅膀。當黎明越來越逼真，他放棄了抵抗，以及絕對的孤獨，就像讀過的經文將融化於心，抑或天窗漸漸地塌下；在這荒謬的世界，輕輕地蜷伏於上，像失落的羽毛溫柔地駐足於肩上，等待世界、或天神的聳肩。

讓沉默來臨。

評〈天使之書〉

〈天使之書〉共有十二節，描述十二位天使。在西元三九三年的希波會議，該作品和〈基督之書〉被列為旁經。艾克特從〈天使之書〉選了三篇最精華片段編錄於此，其他九篇因為殘篇或過於抽象，已無任何文學的閱讀價值，但讀者若有興趣，可以參考〈多馬福音〉、還有〈猶大福音〉中耶穌和猶大的談話內容，提到天國由十二位大天使所管轄，又提到他們各司的職權。

在十多年前舉行受封騎士的典禮，女王選了當時十二位傑出的貴族，冊封為聖十字騎士團成員，其中有二十歲的艾克特和貝德維，以及十六歲的雷奧尼。當天，眾人在典禮前的大廳等候。平時沒聯絡，只有在競賽和節慶中才遇到的雷奧尼走向他們兄弟倆，那時他們正在討論如何戲弄大家，艾克特將以貝德維的名義受封，貝德維將以艾克特的名字受封，然後典禮結束要向大家揭示這場騙局，艾克特將說：「謝謝，朋友們，我其實是貝德維。」貝德維要說：「謝謝，朋友們，我其實是艾克特。」在大家驚喜之餘，他們強調大家又被騙了，艾克特要說：「朋友們，辛苦了，我當時以艾克特的名義受封。」貝德維要說：「朋友們，辛苦了，我當時以貝德維的名義受封。」在大家混亂之際，其中一位要說：「剛剛所有的話是假的，我是貝德維．艾克特。」

雷奧尼這時走向他們，說：「有我在場，你們倆怎麼能騙得了人？你們太好認了。你聽，現在母牛在說書，麻雀正在跳舞，所以貝德維為真，艾克特為假。」

典禮開始，女王站在臺上，宣佈候選的貴族以及受封的名稱。好學的雷奧尼對知識有一種迷戀，他整天泡在圖書館，透過記憶術，將整套知識搬到他架構的心中殿堂，因為學識豐富而被封為歷史騎士(Knight of History)。艾克特對教會以外的經文較為熟悉，他曾宣稱：「你必須先等待，沒有信仰，並陷入石縫間的沉默，讓音樂浮現。」這種異端的行為過於荒謬，不為大眾所接受，如虛構的文學不同於其他學科，因此他受封為文學騎士(Knight of Literature)。貝德維作為最優秀的貴族，總是散發燦爛的光，受封為哲學騎士(Knight of Philosophy)，如柏拉圖〈理想國〉中最優秀的人作為哲學皇帝。但我認為貝德維太驕傲了，你看他發笑的樣子，簡直像暗示了他是上帝之子，天堂為之躬身。

★★★★★

「等等！別插入個人恩怨，請忠實地描述歷史！」艾克特說。我說：「我曾慎重的邀他來我的生日宴，女王也來了，只有他不來，也不帶任何消息。輾轉才知道他那時在跟女仕約會。後來，他又四處說我忘了邀請他，還說我性情古怪，甚麼整天在閣樓遊走，對空氣講話像個瘋子，我是不是個瘋子，他又知道了！」艾克特回答：「以我對哥哥的見解，你或許誤會了，他不是那種人，不管怎樣，請好好地寫你的評論。」

★★★★★

後來，在冊封大典後的盛宴，燭火照耀了許多人熱絡的臉龐，每位高傲的貴族拿著酒杯四處寒暄。此時，雷奧尼敲響杯子，叮叮叮！他準備宣布一件事情，他說：「各位先生女士，謝謝你們參與我們的典禮。但我想向大家說，我真實的名字是蕾奧妮，家父從小把我當男孩養，要我準備繼承家業，但我受夠了，我想做我自己，我是女的。」所有的人一陣驚呼，小鳥也跟著飛走，許多的女性心碎了，原來她們朝暮思念的男子是女孩。更多的是，許多男性開始重新審視她，原來眼前的女子如此迷人，許多母親打算提親，年老的男性想像可愛的媳婦，家僕想像未來親切的夫人，小狗想像新的女主人，在主人娶了她之後。

當然，問題隨之而來，在騎士制度裏，女性注定被排除之外，所是男性，或許是伯爵，那就改變我國的成規。我們也以蕾奧妮不應該獲得爵士(Sir)，而應是夫人(Lady)，並且不得進入聖十字騎士團。人們為此爭執了起來，有人支持更改成規，但更多人想要依循傳統。這時女王說話了，她說：「既然木已成舟，蕾奧妮是騎士，又是伯爵，那就更動既有的皇規吧！我們不知道她是男性或他是女性，又或許她身為男性時為虛構，他身為女性時真實，又或者相反。」

艾克特笑了，覺得像自己和貝德維常使用的詭計，貝德維是艾克特，雷奧尼是蕾奧妮，差別在於他們是兩人飾一角，而她是一人飾兩角。這時蕾奧妮在他背後推他，並說：「唉！你們呀！我能分辨兄弟倆，你們卻分不出我是男是女。」他們將永遠分不清是蕾奧妮還是雷奧尼了。蕾奧妮隨著父親回家，留下迷惘的雙胞胎兄弟。

隱匿的花園

我們一起去過的Dr Neil's Garden

陽光像秘密的園丁
摺一道自己的光芒栽培
誘人的蜂草，讓花朵依約綻放
等著文學家到湖邊紀錄

一對戀人走進灌木迷宮
專心尋找開啟命運的鑰匙
松果墜落，象徵故事的起頭
久違的天使斂著翅膀，在轉角現身

這裏的時間
像杉樹上的栗鼠
追逐到花叢，又跳到
鑲有星辰的日晷，並發現
消長的影子指示了永恆的夏天

因此我們不再離去
在愛丁堡的郊外，建構
最奇幻的文學，也請容許我
以渴求的身子試探我們的愛情
在黑暗進入花園以前

評〈隱匿的花園〉

蕾奧妮成為大眾的情人，她留了長髮，每天各種的髮型都成為風潮，不管棕色的捲髮盤起或放下，你總會看到她周圍的村姑立刻換了髮型。她的女裝是最時尚的，但她穿男裝時卻又有另一種風味。艾克特和貝德維也開始注意她了，畢竟她太特別，只有她能夠分辨雙胞胎兄弟。在仲夏時節，艾克特有次邀請了蕾奧妮，到新建好的皇家花園。花園在博登湖（Bodens-ee）的中央小島，仿照巴比倫的空中花園，在夏季潮濕的季節產生煙霧，彷彿漂泊在天上。

他們倆乘著鳳尾船到了小島，艾克特帶她穿越了迷宮，像穿越了各朝代與地理，彷彿見到了凱薩的刺殺、奧古斯丁的懺悔、里斯本圍城史、百年戰爭處死聖女貞德、馬丁路德貼上九十五條綱論、歌德寫完了浮士德，在每一個樹叢的轉角都有一個時空，直到他們走到了中心，看到了一座日晷，象徵時間的完整和循環。

「你知道你兄弟昨天送來一對耳環嗎？」

他怎麼會不知道呢？就算貝德維沒說，他們也將注定追逐同一位女性，就如同以往共享莊園內的婦女，貝德維發現婦女戴的髮飾出自艾克特，艾克特發現婦女的絲巾出自貝德維，第一天是貝德維私會，第二天則為艾克特，他們有同樣的口吻、習性、親暱動作，那位多情的婦女卻永遠記不得到底是與誰親近。但這一次，他想貝德維應該和自己一樣是真心的，他甚至猜得到貝德維早已邀請過蕾奧妮，不過為何她選擇自己而非哥哥呢？

對於蕾奧妮，答案顯而不過了。不像那些世俗的蠢女人迷惑於兄弟的外表、或身份，做出都想佔有的決定，蕾奧妮能分辨兄弟，也就能在兩種命運之間選擇。在教堂做禮拜時，她選擇將項鍊十字的光芒射向了艾克特，那時早已決定是他，像是寫好的劇本，她只須跟著做，又或者像是本能反應而選擇他，這樣的決定是不是正確的呢？沒有人能夠預測未來，即便女王當初賦予了聖十字騎士團黃金沙漏，可以穿越時空，也只能用在職務之上，為公眾謀利，而非私用。

蕾奧妮繼續說：「後來他不死心，也送來了許多禮物，甚至還派傭人說：『艾克特騎士邀請你共進晚餐。』我當時回答：『你看窗外，山羊正在踢球，野馬正在讀書，所以艾克特為假，貝德維為真。請回覆您的主人，晚上我要休息，多謝閣下邀約。』」

在迷宮中，艾克特隨手摘了一朵玫瑰，並說：「你看，玫瑰象徵了基督的愛，在神秘主義裏，多層的花瓣象徵多層的時間或迷宮，在愛中抵達最中間的花蕊，這是世界的中心，永恆的所在。」

黃昏了，他們牽手試探彼此的感情，在黑暗進入花園以前。

蘑菇

上帝遺棄的
語屑，在潮濕地聚集
千萬顆的孢子逐漸繁殖
終至佔領了凡間

在靈魂的腐朽之後
彼此複製渺小的詞彙
聲調，還有單向的臟器
最後蛻成模糊的臉孔

稱之為「我們」的蘑菇
我們是紫色好事者
蛇、精靈、蜥蜴的盟友
沒有眼睛和耳朵
喜愛凌遲的話語
勝過一把刀的鋒利

請別告訴我
啟蒙靈藥的所在
我更愛群體的拳頭
你看，正義十字的象徵

在我們的頭頂發光

我們對惡一無所知
不介入創世，不討論神學
沉默的多數在陰影中
豐饒，沒有俐齒
說話溫馴，我們的愛
比鴿子更和平

來與我們同在
學習低等，學習潮濕
學習不需兩腳行走

即可認識全世界
也別質問：為何是我？
因為我們不犯錯
我們就是真理

評〈蘑菇〉

艾克特在書房讀一本有趣的尋寶小說，想起現在是野菇的季節，他把家裏的忠犬「除魔者傑克」(Jack the Slayer) 喚來，要牠到蕾奧妮居住的堡壘。傑克跑到河畔的另一邊，牠飛越農人耕種的田野，莊稼人喊著「嘿呦！」牠又跑到戀人偷情的桑間，正好是最刺激的一幕，被誤認為戴綠帽的丈夫闖入。牠冒險進入武士正在打鬥的競技場，被誤認為降臨的惡龍。直到入關，奔上樓梯，進入蕾奧妮的房間，牠才汪汪叫了起來。此時，蕾奧妮放下正在研讀的《訓詁學史》，點頭說：「啊，我們去森林採菇。」

這年的夏天特別濕熱，在聳天的密林之間有一塊疏地，鋪滿了灌木叢，若要行走，得踩在這些枝條上。她問艾克特：「你知道怎麼分辨可食或不可食嗎？」

艾克特回答：「很簡單，我正在讀的小說《克里斯多福奇遇記》，裏面有關於本地野菇的知識，但也提到可食的有時不可食，不可食的有時可食，端看氣候和採集時間而定。」

「如果我們採到毒菇，就寄給森林女巫，我認識她，可以請蜥蜴寄給她。她熱愛蒐集各種蕈菇，在蜘蛛巢找鵝膏菌，在蝸牛殼找褶紅菇，然後提煉成各式毒藥和解藥。」蕾奧妮又說：「我若誤食了千萬別救我！」

蕾奧妮不願透露這奇怪想法，直到艾克特的強求下，才說出她原因。原本村民們熱愛蕾奧妮，但最近風向變了，她和艾克特和貝德維走得太近，使村姑們以為她霸佔了兄弟倆的情愛。其次，艾克特與貝德維的認真追求，更讓村姑們嫉妒。當她穿著男裝與佃農勞動時，她們嘲笑她的粗魯，當她發出男孩的笑聲時，她們說是惡魔藏在裏面。這樣的反感逐漸地擴大，影響到所有人，甚至各地開始反動，村民丟她蟲子，或背後嚇她，但這些事都在貝德維和艾克特的背後做，因他們知道兄弟倆會挺身保護。也幸好蕾奧妮是貴族，保有一定的名望，村民也就適可而止，否則難以想像可能發生的獵巫。

艾克特說：「你死了就沒有人就能認出我和我哥了。」

蕾奧妮生氣地說：「難道我的存在只是能認出你們倆嗎？這傑克就做得到了！」

艾克特回答：「不是這樣的，你聽我說……」然後他想說的是：「我永遠愛你。」但他要說時，蕾奧妮逕自提著一籃的蘑菇轉頭，說要寄給認識的女巫，騎著馬揚長走了。

獅子

在古老的東方市集
我買了一頭獅子
陽光的鬃毛，寶藍色眼睛
他的身形如弧一般美妙
在世界的曠野，嘶吼伸腰
像極了古老慵懶的皇帝
沒有人能馴服他

我用金色的鏈子使他臣服

並把他趕到精心設計的牢籠
在寫字檯上，不讓他出來
要做我紙上的貓
隨著文字遊蕩，輕盈地
以溫柔、透明的靈魂穿越讀者
他累了我就留下鳥兒為他唱搖籃
讓他望著遠處星辰，懷念
夏季的陣雨在原野
如何散發自由的草根味
直到巨大的鄉愁一翻身，頓此失眠

我強迫他在我的故事現身
但他在故事中並不快樂
整天悶悶地，打亂了節奏
在不該出現的轉角又出現
嚇壞了讀者，或者
和長頸鹿打鬥

我很難過，只好釋放了他
讓他造訪別的新朋友
但最近他終於溜進來看我
我們一起共舞，堆積木
玩牌，然後我為他剪髮

他抱著我睡……
一排排整齊的字
在夢中完成

評〈獅子〉

艾克特在和蕾奧妮越親近時，感到越大的愛意。他想要完全地擁有她，當他們分別時，艾克特無法專心於他該做的事，無時無刻想起她：習武時想起她，和佃農談話時想起她，在夜晚時也想起了她，而無法成眠。但他知道如果擁有蕾奧妮，將會束縛了她，他知道自己將會失去她，蕾奧妮將不會是蕾奧妮了，她不再是那隨便打扮的女騎士，偶爾扮男裝舉止粗魯的女孩，她不再那麼愛笑，而聽起他的建議，好好做個淑女，別一天到晚沉迷於和別人比武，又或者把一塊大石舉起，這些他都不喜歡。況且，在感情尚未穩定之前做這種要求，也確實太不合理。

★★★★★

在午後書房，艾克特闡述自己的想法。他說遊歷摩納哥時，想起了當初愛的衝動而選擇了這首詩。詩中的獅子也暗喻了蕾奧妮，因為她名字Lyonesse是幼獅的意思。他將這首詩作為期勉，告訴自己不要過度熱情，給她空間做自己想做的事，這是愛的真諦。他本以為這樣的解詩會被我讚美，卻得到了狠毒的批評。我說：「這是胡亂解讀。」我把文章擱置一旁，把自己坐的椅子推離桌子，以一種專業又孤傲的口吻說：「讀者不能隨意解讀甚至扭曲作品。在我看來，你完全沒掌握該詩所要表達的精神，這是非常嚴重的誤讀。你選的〈獅子〉，說的是每一位詩人身邊的靈感。詩人總是坐在寫字檯前，拿起筆，瞪著空白的紙，想著這首詩將帶給世人甚麼樣的驚喜，他們帶著極大的成名焦慮，非得一蹴可幾。最後卻因為筆勢的用力，而打亂了節奏，不該出現的意象突然出現，嚇壞了讀者，甚至和別的經典糾纏。他們將靈感拘禁於心中創造的牢籠，要靈感臣服，在必要時，強迫靈感在眾人面前顯現，要牠要雜戲、跳火圈、頂圓球，同時要牠要狠，能咬亂這世界，在世界留下牙痕般的印象。

但這樣的顧慮，在創作上卻更加綁手綁腳，原本的獸性也成了小貓。最好的辦法，是讓靈感自由，讓牠在草原上奔馳，像隻大貓，讓牠在陽光下翻身曬肚，讓牠躲你。牠是你的朋友，不是臣服於你的寵物。牠有思想，有意志，牠會發笑，也會難過，但大多時候我們須靜靜守候，躲在密林後觀察，等到時機成熟，牠注意到你，並主動接近。」

在我面前，艾克特彷佛成了業餘讀者，又或者說，他本來就是業餘讀者，又或者說，他本來就是被想像出來的產物，不需要思考，我們也不需要過度苛責他的誤讀，因為一切都在我的設定中。他在被批判後，不以為意地回答：「詩歌該拋棄作者，注重讀者的感受。我能感覺這首詩向我說愛情該如何，不是甚麼靈感的獸性。再說，我蒐集這首詩，不代表我認同它，我不覺得應被動等待靈感，又或者寫詩要是神聖的，非得置之高閣，不在觀眾的面前雜耍。難道不能有純娛樂的作品嗎？甚至，作家可以綁架靈感，據為己有。難道靈感不專屬於作家嗎？」

一千零一夜

古老的國王沉迷於
娶再多也殺不完的仇恨
決定殺最後的皇后，並說
明日之死將讓我得以安息
如最後的情書，傳達給愛人

夜晚來臨，她告訴國王
一個殺戮的故事，遠方的匈奴
向鄰近的漢朝征戰，撞擊的兵器

飛騰的駿馬，匈奴王以最有力的手臂
拐走年幼的公主為功勳

他把公主領到牀前，要她說
一段故事，這故事過度熱情、盲目
合乎邏輯又充滿狡詐
但告訴本王，引人入勝的本質
乃出於經驗或深邃的想像？

公主低頭掩飾緊張的心——
大抵夢境輪流出現的不過是
諸侯世家，列傳，記誦的詩三百

小學的筆記，在現實與虛構間
出自於幼時陰暗的閣樓
但只有一人能開啟我的記憶……

天亮後皇后說故事未完結
如同未寫完的情書，如果
我的死讓你安息，那將是記憶之始
如果你願意，所有的大羅曼史將被演繹

古老的國王釋放了
一百隻鸚鵡，並將沙漏倒轉
讓永恆的結局在兩端流轉

無限延遲，直到一千零一遍的夏夜
一位聽入迷的小孩拒絕死亡的來訪

評〈一千零一夜〉

「一千零一夜相當於近三年。」艾克特向蕾奧妮說。晚餐後他們在暖烘烘的大廳閱讀阿拉伯經典，他們蓋著毯子，雙腳交疊，隔壁趴著的傑克早已進入夢鄉，追逐狐狸。

艾克特闔起書，向情人說起自己的見解：「這本書的故事裏面又有故事，像是大架構與千百個小零件，每一個小故事又呼應彼此，最後順從於大架構的旨意，彷彿那就是神。皇后如果被殺了，那是所有故事的終結，但如果蘇丹願意傾聽，他們的大羅曼史將會拯救所有的小故事，完成一本聖經般的讀物。我讀過一首詩，叫做〈你稱呼我為風〉，共有三個層次，第一層為一對情人睡著，並作夢。第二個層次則進入夢境，男主角在戰爭時期從軍，女主角獨自坐上火車駛往未知，途中卻聽到了情人的死訊。第三個層次是女主角正在翻譯的老歌內容。乍看有三種故事，但所有的故事卻各自影射，撐起大羅曼史，也就是第一層那對熟睡戀人的故事。」

艾克特繼續說：「在讀《一千零一夜》時，必須想成這是皇后與國王的愛情歷險。如果這樣解讀，可以發現他們的愛情橫跨時空與角色，涵蓋所有的文學與學識。與其說是一千零一夜或三年，不如說是永恆。」

多風的夜晚，窗外的樹彎腰垂倒，並灑落許多的葉子，後來下起了一場好雨，擊打在雕花的玻璃窗，像是時間作勢襲來。只有夜梟還張著眼，不願意臣服於睡眠的來訪，想要聽更多的故事。

但情人們，還是先睡吧，你們有永恆的時間可以聽故事。

艾克特添了爐火，並將所有的燭光逐次熄滅，蕾奧妮在牀上等待他完成睡前的禱告。後來他們進入夢鄉，那是下一個故事。

愛因斯坦的夢

猶太俗諺：「人類一思考，上帝就發笑」

夢中我和上帝一起種植宇宙
先引渡銀河，並涉水而過
將太陽系豎立在彼岸
如一顆蘋果樹
所有的星球結實而燦爛
接著，設想這裏是伊甸園
讓祂獨坐樹下，煩惱
誰當蛇，誰當被眷顧的子民

和上帝玩一二三
木頭人，拿著沒國籍的護照
四處兌現，該如何碰到上帝的衣角
仍不被祂發覺，如何將整株樹
移植到我猜想的世界
並建立一座國家在
異邦？不要急
努力思考，那短暫的一瞬
是上帝在眨眼
祂不會發笑

評〈愛因斯坦的夢〉

他們夢到一位正在做夢的科學家。

在科學家的夢中，他正和上帝攜手種植宇宙，並引渡銀河之水。這是猶太的卡巴拉（Kabbalah）信仰的生命之樹，也有人說是伊甸園的那棵樹。在學術上，卡巴拉之樹被視為上帝創世過程的示意圖。樹上共有十個「質點」（Sephirot），由二十二個路徑連接。這質點由上而下為王冠、智慧、理解、慈悲、嚴厲、美、永恆、宏偉、基礎、王國，並成為一棵樹。

宇宙的起源並不描繪於生命之樹，而是凌於第一質點「王冠」之上，稱之為 Ain Soph Aur（Without End Light），可以解做無限之光，或是無限

虛無 (an infinite nothingness)，這樣的光超乎人的理解，爆炸後創造了宇宙，而進入第一個階段「王冠」，收束成為無限能量或無限光的奇異點(singularity)，並創造萬物。在下一階段的「智慧」，無限能量或無線光的奇異點擴充至時間與空間。然後下一階段的「理解」，則被認為是原始陰性能量，接納來自於「智慧」的能量，並滋養它。

愛因斯坦種植的樹上有蘋果，為那些「質點」的隱喻。他記得那猶太俗諺「人類一思考，上帝就發笑」，所以謙沖地退到後面，並眼看上帝轉身，面對樹將臉遮起來。上帝和他玩起一二三木頭人，但他要如何碰到上帝的衣角而不被發現？在一九三三年，他宣布放棄德國國籍，為了避免納粹迫害上身，和之後的廣島原子彈所展現的恐怖之美，以及建立以色列國的錫安運動，這些是否都促成了他的世界主義呢？他將這株被授予無上光芒的生命樹移植到他猜想的宇宙，得到了質量等價的 $E=mc^2$，他摸到了上帝的衣角，上帝對他發笑，愛因斯坦向上帝吐舌。

他醒來後宣稱知道了上帝的思維。

艾克特和蕾奧妮醒來，發現經過昨夜風雨，門前的樹仍然茁壯。

愛人的彼此朗讀

讀你的時候將比時空
更緩慢、更寧靜，比霧更濃
比星空架起的夢更真實、更安穩
燈火照亮你我之間的相繫
如一條孤獨的線索永遠指向你

以生澀的語法讀一本
法語小說，體驗一次異國旅行
蟄伏於你的肩胛，再爬上起伏的胸口

並佔領它們，直到你轉身像曲折的情節
並聽到鷓鴣的呼叫，消逝在遠方

往復展讀你的身軀
以及抄下閱讀過的句子
夾進我的擁抱，成為我的一部分
再讓久違的戰機落入你的港灣
讓衝突加深，並升溫，最後在文字之間
沉默，以暴力完成交付的使命

我們專注地彼此閱讀
討論散漫的章節，以及千萬種結局

直到我們把時光拋去，讓燈下的文字
火焰的肌膚與萬物皆向陰影遜位
不緩不急地，我們閱讀下一頁

評〈愛人的彼此朗讀〉

四處遊歷的艾克特在德國文學史上找到最璀璨的詩歌，然而詩歌背後的動機過於複雜，非本地讀者所能認識，為此，艾克特找到一篇有份量的評論，由大衛・霍斯特(David Holst)撰寫，刊載於《新德國文學雜誌》(Neuere Deutsche Literatur)。透過文析，可以理解艾克特以詩想表達對蕾奧妮的情感，如同男主角約阿希姆，透過寫一首長詩表達永恆的愛。

現在，就讓我們想像艾克特是約阿希姆，蕾奧妮是女主角夏綠蒂，並開始閱讀這篇文章。

★★★★★

「我的詩歌，目睹了一切文明。」
(Mein Gedicht hat die ganze Zivilisation erlebt.)

在二十世紀初，一位謙遜的德國詩人約阿希姆・艾力希曼（Joachim Ehrlichmann, 1901- 1995）說了這句名言。他的作品〈愛人的彼此朗讀〉乃最為出名，但也是此生唯一的詩歌。他並非怠惰，也並非被俗事煩擾而疏忽了詩藝，而是因為他終其一生，真地只寫過一首詩，長如恆河，獻給那不斷思念的女性。在詩人生前，這首詩尚未出版，因為詩人根據生命經驗、彼此的曖昧、交往、顛沛、和晚年的恬適，寫出許多相應的段落，彷彿年輪，抑或記錄航道的飛行器。這是一首沒有結局的詩，直至詩人終老，死去；又或者可以說，在每次寫出一節，即創造了一種結局，亦即無限多的結局，每次的結局都有自己的時空與記憶，而這些龐雜的結局從我們所感知的時間來看，卻又顯得永無止盡，彷彿嘲弄時間本身，使時間顯得荒唐，可笑。

該作品在詩人死後不曾出版，究其原因，乃詩歌的無限性，那多重的結局無法被時間的橫軸所體驗。那首詩太長，如孕育德語文學的萊茵河，又太龐雜，如毀棄的亞歷山大圖書館，以致後人無法為此編年。那首詩受許多注目，卻少有人敢全面性地評斷，因為詩歌本身缺乏理性辯證，不如日耳曼民族鍾愛的那些作家如托馬斯・曼，更重要的原因為詩歌不曾完整出現於教科書、詩選、書評、或讀者的耳語：一個片段的截取，將否定其他部分的存在。

即便如此，我們仍可根據弗里茨・李希特(Fritz Richter)的貢獻來理出頭緒，那一首詩的結構複雜、完整，並散落於故居、親朋好友、圖書館、和德國各地，以致許多想省事的學者望而生畏，少數學者如李希特，則不畏艱難地挖掘。有時，李希特在柏林圖書館發現一節無名詩歌，挾於荷爾德林的詩集，研判是艾力希曼的風格。詩人或許讀過此書，並寫下一節詩，作為此長詩的結局，這一次結局甚為幽默，把所有德國文學的詩人像是歌德、席勒一類皆擺了一道。有時，在詩人好友的故居花園，發現另一節在角落發光，依詩風比對，為詩人晚期思想，關於甲蟲與上帝，為另一個豁達的結局。各種不同的結局都有，海洋的結局，沉默的結局，昏黃的結局……

但李希特認為，在所有的結局之中，並沒有「死亡」的結局。道理很簡單，詩人尚未死去，尚未經驗此種神秘，遂無法將此化為一節詩歌；另外，如果寫下了「死亡」，亦隱含了詩歌的「終結」，那將是萊茵河提示了枯竭，文學史預約了斷送。即便於一九九五年詩人去世之前，詩人亦以為自己將如作品一般恆久，有意無意地拒絕寫下關於「死亡」的主題；又或者只是李希特尚未發覺，在某個角落，某個時光，某個被隱去的日子裏，他將會找到也說不定。

根據李希特的研究所指示，詩人約阿希姆・艾力希曼的故事相當曲折。他出生於漢堡的書香世家，父親為大學文學教授，祖父為十九世紀著名的文評家維爾佛里德・艾力希曼(Wilfried Ehrlichmann, 1812-1904)。在年輕時，約阿希姆・艾力希曼只是個愛做夢的讀者，他想寫詩卻不曾寫下，如同夢境只存於睡眠中，醒後也就飄散於空氣消失。十七歲時，也就是一九一八年第一次戰爭的結束，他認識了一生的摯愛，那位女性是海德堡大學的詩社朋友，他們和許多未來盛名的思想家在星期四晚間，討論各種哲學、神學、社會科學問題，每次的討論並沒有結果，大家想法太分歧了。但這樣的分歧性，卻影響了他們後來的寫作，甚至整個德國思潮，如阿多諾，或鄂蘭對權威的解構。他們是艾力希曼的朋友，參與過星期四晚間的沙龍。

作品〈愛人的彼此朗讀〉是第一首詩，最後一首，也是唯一的一首詩，獻給那位摯愛夏綠蒂。該詩寫於一九一八年四月沙龍之後，約阿希姆和夏綠蒂倆人攜手回家（請允許我，僅用名稱呼這位偉大的詩人和其戀人），他們說了許多話，許多大而無畏的見解，並談論歌德的那首長詩：女主角如何地被辜負，而男主角如何與魔鬼交易，仍篤信於崇高的真與善。「但沒有人可以長久地信仰一件事物，以及長久地愛。」夏綠蒂坦言。約阿希姆並未多說，握住了她的手，彷彿想證明什麼，那時月光不停地把影子拉長，通過教堂，直到巷角，時間也跟著遠了。他吻了她，在這座被佔領的城市。

當晚，夏綠蒂邀請他到所租的小房間。他們閱讀文學，並談論不同時期的德國詩人，以及這場戰爭。從每日的晚報，夏綠蒂早已預感德國的戰敗，只是不知何時戰爭才會結束，皇帝也將遜位：「他將被記得，在綿延的星河，永遠孤傲。」在他們當晚的親密談話中，他們談到了文學史，彷彿文學史並未因戰爭的轟炸而死去。這時，約阿希姆產生了一道想法，他想寫一首詩，象徵了萊茵河的永恆、豐腴，並且將此詩比擬作德意志文學史，以及隱匿於其中的夏綠蒂，但這首詩不能有完結，否則將面對完結時的虛無與恐懼，那就是死亡。約阿希姆認為，德意志文學的特色不在於海那樣廣盛、飄泊、無定之感，而應比喻為萊茵河，洪荒百代，有透明的精靈與神祇。

「你願意成為萊茵河的女王嗎？」

月光躡足走進窗內，夏綠蒂凝視著檯燈。此時，他們的身體彼此結合，如此地陌生，彷彿閱讀一本外文小說。時間沿著緩慢、細緻的閱讀而化為火塵，在房間飄散，彷彿沒有時間的時間，僅剩下純粹思想的文字。當約阿希姆和夏綠蒂閱讀彼此，我們並不能稱之為閱讀兩部作品，不，或許併稱為一部作品較為妥當，因為他們的靈魂早已冥合，這是一部屬於夜晚的作品，文字並沒有說話，僅是靜默的流動，靈魂正在感受、安靜、秘密。

就像是靈感找到了荷馬，當所有的物件歸位，從屬於一首永恆之詩，當萊茵河的女王被加冕，以及當德意志文學找到了巔峰，就是此時，約阿希姆寫下了此生第一首詩，並交付於他的女王閱讀。女王問他，沒有題目的詩不算完成，其實，他並不喜歡有題目的詩，因為那象徵了結束。這首詩在這一次，也就是第一次寫就時，有了第一種結局。該詩僅有四節：第一節起頭，第二、三節的發展，第四節作結論。第一節為典型的德國歌，運用星子、與霧的意象，不同的是，當約阿希姆描述「讀你」的過程中

——彷彿濃霧散開、架起星空——他的描述亦涵藏了性暗示，或許他們閱讀書籍的同時，正在閱讀彼此的身體，也或許只是閱讀身體，而以書籍為喻。不管如何，我們可以注意到第三節，以戰機的意象，直接、大膽，拉高了整首詩的氣勢：

再讓久違的戰機落入你的港灣
讓衝突加深，並升溫

這裏有三個層次：首先，此節可能只是倆人閱讀的句子；其次，可能為真實戰事的聯想；最後，可能是最直接，對於性的描述，以激進的戰機進入港灣的深邃。戰機的使命在於進攻，它的暴力和性聯結，但暴力帶來的卻不是戰爭的死亡，而是愛的重生。而在最後一節，也就是第一次完結，約阿希姆使用了自己慣用的意象：萬物遜位，服從於龐大「陰影」的掌管，儼然「陰影」即為真正的「帝王」(Der Schatten ist ein wahrhaftiger Kaiser)。

如同我所說的，約阿希姆不愛把結局作死，也不愛給他的詩歌取標題。〈愛人的彼此朗讀〉只是方便一般讀者稱呼，但德國人都知道，亦如真正的「結局」是「沒有結局」，或者是「無限結局」，真正的「標題」才是「沒有標題」，或者是「無限標題」。讀者以為〈愛人的彼此朗讀〉即為標題，本詩只有四節，乃因為約阿希姆之後將該詩投稿於德國文學詩刊，應編輯的要求，只好將詩歌容納至有限的一頁。但約阿希姆知道，那首萊茵河的詩在他的腦海中無限延伸，就像是要溢出腦海一般，就像是恆河之詩《羅摩衍那》、《摩訶婆羅多》，兩河流域之詩《吉爾伽美什》，江南一帶的騷體，抑或是天上的銀河；約阿希姆借由二十世紀的經歷，創造了當代德意志神話，但因為所有的片段散落於德國各地，需經由學者的拼湊，方能再現。而拼湊的過程中，每個「片段」——或者說「結局」——各自獨立，因此有千百種組合的可能，彷彿故事的完整性、和正確性，僅藏於抽象之中。

德意志帝國戰敗的同時，在德意志北部爆發了十一月革命，威廉二世下臺，各地零星的叛亂，緊接而來的肅清，並建立了威瑪共和國。約阿希姆在海德堡大學攻讀文學，每日在讀報時，設想各種可能的德意志結局，是否國王將會復辟？更遠的蘇維埃是否想伸手干政？民主社會黨的未來又如何？他寫下許多的可能，成為各自獨立的結局，每種結局有時互相支持、更多時候是互相矛盾，像占卜一樣，每節深奧難解，例如表面在談火車的行進，實則預言了德意志的未來，抑或談某神祇族譜的沒落，實則預言了某政治家族的衰敗。他像是隱居的先知依憑神啟的靈感寫作，但這些靈感就像是變奏，他將結局（預言）寫在紙上、牆上、葉子上，創造了多重結局的迷宮，讓人不斷地發現卻又遇見死路，又或者可以說，他創造了一個文字國度，細心規劃國度裏的章法、風俗、傳奇，並忠實地反映我們自身文明的進展。

一九二零年代，戰後的挫敗感，加上經濟的蕭條，人民將現實的不滿傾軋於社會主義工人黨，也就是後來俗稱的納粹。約阿希姆和夏綠蒂這對戀人，對未來也更加地不確定，在這十年間，約阿希姆不曾以文字寫記錄彼此，「我害怕，當寫下我們的結局，一切就結束了。」他這樣告訴夏綠蒂。

最讓這對戀人憂慮的，可能是納粹挾帶失業率、通膨、與民族問題而趁勢興起。如今國家動盪，以及高漲的排外情緒，他在報紙上看到被扭曲的言論，新聞記者以煽動的字眼，報導猶太民族的困境，隱含了淨化運動的訊息。約阿希姆從母親繼承了猶太血統，即便在他身上看不出太大特徵，然而他的眼神早已不言而喻。必要時，他試著將特徵藏起來，所以他外出時，或點一杯咖啡，寧可低頭回避對方，或請夏綠蒂代買，少了和外界眼神的交流，便沒有了衝突。

大戰爆發的前夕，整座海德堡小鎮籠罩在愁雲之中。約阿希姆以幾篇結局做一次速寫，其中一種結局，早透露著再一次的戰敗、總理的自戕，即便在另一種結局裏，可能是納粹黨的勝利，統治全歐陸。而這兩種結局是經由數以萬計早期的結局推演出來的其中兩種，事實上，自詩歌的第一節寫下，早已像核分裂，分裂出更多的可能，每一個可能再分裂，到如今一九三七年，早有數以萬計的結局了。在現實界，只有一個可能會發生，如同迷宮只有一個出口，但在他虛構的宇宙，每一個將會同時發生，也皆不會發生，那是沒有出口的迷宮，但每一個地方皆是出口。因此，我們可以說，在無限的結局裏，德軍戰敗的同時，英法兩軍也同時戰敗，德軍戰勝的同時，英法軍也同時戰勝；又或者，德軍將戰敗，同時又勝利。

各地傳來德意志的捷報，知識份子一面倒地贊同對外侵略、對內淨化，他們互相檢舉，對那些反對的人施以暴力，而對於猶太人，他們更毫不留情，施加以言語的嘲弄、污辱。直到集中營的建立，約阿希姆知道大勢不可挽回，即便在他的詩歌中，早已預期這樣的結尾，但現實與虛構間有著極大的隔閡，在他無數的結局中，並不知道哪一項才會成真，就像是抽牌，永遠不知道會抽中哪一張。

在海德堡大學教授文學已不是最好的辦法，他不斷收到學生匿名的黑函。他知道他必須放棄教職，帶著夏綠蒂和母親，往南方躲避。他們到了斯圖加安定下來，也找到出版的工作，薪水不高，至少可以養活家口。他不時叮嚀母親切勿上街，但母親如此堅毅，仍然挺起胸膛在街上穿梭，張羅日用品，彷彿太平盛世一般。

在約阿希姆的堅持下，這幾年他們不斷逃亡，即使他母親覺得相當煩擾，認為該來的結局還是會來，又何必躲避。但對於約阿希姆，最壞的結局應該避免，如同他寫的長詩中沒有結局，所以沒有死亡，沒有自我、親人、與愛人的悲劇。「我的詩所建立的國度，是沒有死亡的，如果有，也會是以喜劇收場，一場喜劇的喪禮。」他曾經這樣對夏綠蒂說。隨著德軍的向西擴張，他們輾轉到了佛萊堡，最後幾乎進入法國。

德國與法國的邊境彷彿是軍隊交鋒，哨口的嚴密性，使德國民眾幾乎難以出入。約阿希姆一家不得已在此滯留，細軟所剩不多，僅剩幾天夠用，他到處找生計，舉凡任何工作，如搬運打雜，他都願意接。即使世局混亂，在他的心中仍有一座夢幻王國，我們可以說，現實的殘破能被虛構的富裕所取代。在最苦難的時刻，有一個形而上的所在，在現實與虛構之間的夾縫處，永恆的古文明，在宇宙的中心紡織著光輝的歷史。

那天是世界最黑暗的時刻，母親尚未回家，他剛把餐廳的零工做完，一股想都不敢想的壞念頭湧上來。他把焦灼感先壓下來，冷靜地告訴夏綠蒂待在家中，準備一壺熱水和晚餐，而他外出找母親，隨後就回來。但他沒想到，這一次的離開，便是永遠的別離：

我們以擦身而過的瞬間
是絕倫的風景，一片交疊
的陰影，一道海峽，一組抉擇
許多事物永遠常在，即將

在此沉睡：夢境很短，離別很長

他聽到街坊用惡毒的口吻，說那個猶太女人最好被抓走。他感覺到自己建構的詩文明正在瓦解，他看到破車上面載滿了猶太人，感覺裏面有他要找的人，他衝向那即將行駛的軍車並攔住。「我在找我的母親。」他向一位蓋世太保說。他們覺得他可笑，並用粗俗的德語咒罵他，怎麼會有一個笨蛋，跑來自投羅網呢？他們要他跪下，並踢他的腹部，最後把他塞進車廂。他之後在車上陰暗處看到可憐、失神的母親，他抱住她，並極力地安撫。

短暫的心安仍被更大的未知所淹沒，至集中營後，他們交出貴重物品，依照性別而被迫分離。約阿希姆別上象徵恥辱的大衛之星，被分配到狹小昏暗的房舍，這間兩百人的房舍充滿死亡的氣味，強塞了近兩千人，看守人沒給晚餐，我們的詩人就在饑寒中想像在另一邊屋舍的母親。他知道，他們僅隔幾步之遙，卻可能永遠無法相見，縱然如此，能和母親共同患難，也是好的。

約阿希姆在德國境內的集中營，即使外在環境的困乏不允許寫作，他仍以心靈的強度持續編織詩歌，牢記每個段落，他的王國正受到外力的摧毀，但永遠比不上建築的速度。在他的國度有雕花的窗子、奇異的樑柱，玫瑰花色的圓頂，他的人民祥和並安樂，喜好詩歌，他們成立了故事局，作為文學最高政府機構，並對各式的開放結局稟賦著高度興趣。因此在約阿希姆的詩中，可以略分為兩類，一類屬時間性，是無限結局的開展，從遠古神話至今，另一類屬空間性，描述了一個詩歌國度，而這些宇宙的全部，涵納在一首萊茵河長詩之中。

現實環境中，他被迫勞役。千萬的猶太人早晚到場上集合，即便是颳風下雨，為了符合應到人數，死屍也會被拖出來點名。許多人在點名過程中倒地、喪命，但誰都不被允許上前幫助。這些都被記錄在這節詩歌：

群居的生活，在集合場
彷彿將熄的燈火彼此明白
當勞動給予了形體以自由
以死亡，我們將離開，以
抽象的方式，走入一國度

讀者可以注意到，約阿希姆使用了「形體」(die Figuren)——或更精準地翻譯成「物」——來形容死者。這是納粹常用來形容猶太死者的字彙，表示死者沒有靈魂，如物品般無尊嚴。而詩人更引用集中營常見的入口標示

「勞動給予自由」(Arbeit macht frei)，來反轉納粹的語境：最終形式的自由雖然是死亡，卻可以是樂觀的。那是一種可以脫離肉身折磨的方式，彷彿透過死，消滅了肉體 (Figuren)，他們將進入想像的國度，一個心靈中的盛世，比肉體還要真實。

在約阿希姆其他段落，也看到了許多種死亡的結局，如跑到鐵絲網被電死，因恐懼而被嚇死，虐待致死，這些千萬種結局，就像編織了猶太人二十世紀的命運。其中最有名的，莫過於描寫毒氣室的幽靈：

……

一行空白，幽靈在此疑惑
灰色與黃金的髮梢，在記憶中
不斷被重複，如空洞的回聲

我們可以想像許多幽靈在毒氣室佇足，他們的生命成為空白，並未留下記錄。灰色與黃金的髮梢為猶太人與一般德國人的分別，猶太人的髮梢成灰色，乃因塵土抑或屍體燃燒後的灰燼，這樣的意象在幽靈的記憶中被重複，彷彿他們不明白自己的死，亦不明白所謂優越與劣勢人種的分別，只能以歎息的回聲來作結。

約阿希姆時常想起夏綠蒂，他想像，或許夏綠蒂已經離開他們暫居的小鎮了，或許找到足以活口的工作，並活得好好地，另外嫁人了。他為夏綠蒂寫下各式結局，在不同的段落互相輝映。此時，夏綠蒂並不在他身邊，但在虛構的文學中，卻能以女王的姿態，統御著一個國度、一首長詩，因為每一段落，即便關於現實，也是她的隱喻。如我們所引述的「毒氣室結局」，如果將「毒氣室結局」之詩以愛為出發點來閱讀，我們會發現這節充滿了另一種情感，不同於納粹虐殺的可怖。幽靈可能是詩人的化身，黃金的髮梢可能是夏綠蒂，當灰與黃色交纏，我們想起了身為猶太人的約阿希姆和歐洲血統的夏綠蒂，他們的愛在詩人的回憶中不斷重複，「如空洞的回聲」向遠方綿延。

他不知道母親在隔壁牢房過得如何，是否做著相同的夢而驚醒？因相同的苦痛而受折磨？他想保護她，但什麼也不能做，他將思念注入詩作，一首沒有文字的詩，詩歌中母親永遠恆在，伴著夏綠蒂共享黃金盛世。但在集中營的這年，他做了許多勞役，其中最可怖的，大概是把屍體從焚化爐剷出。對他來說，目睹那些那些痛苦的靈魂，想像幾小時前仍和他們眼神交接，之後他們在陰暗狹小的暗室等待毒汽把自己殺死。他被要求把靈肉尚未分離的死者搬去焚化。他想像他們在火中，如地獄之火一般，最後靈魂成為最純淨的一道思想。約阿希姆試圖將他們的靈魂捕捉至他的長詩中。在他統領的文學國度，有許多的受難者，他們自集中營而來，最後在此定居。他們成為詩的一部份，詩也成為他們的一部份。

就這樣，他的詩歌收容著許多受難者，逐漸成形的隱匿國度，直到在一九四七年，美軍第四十二步兵師接受納粹議降，占領此地的集中營並解放了約五萬多的受害者。約阿希姆輾轉來到柏林，他並不知道如何和夏綠蒂聯絡，早已物是人非，母親已去世了，他無從弔念，因為他不知她何時、怎麼去世。現在，他待在書房一角，空氣瀰漫記憶的味道，像乳香燃燒，上帝親密地臨在，此時甲蟲爬過陰影，並墜入詩人的精神之中。約阿希姆整理思緒和情感，並試著把腦子裏集中營時期寫下的結局倒出來，這是另一個夢魘的開始，他不願意回顧，彷彿會隨著那些人再一次死去。他花了很多時間，讓自己習慣並面對，為了記錄整個文明，以及為了一首詩歌的完整。他花了好些年將這些被棄置的記憶以考古的姿態挖掘，寫出這些龐雜的結局，在他的國度，也試著將那些猶太難民安置好，給他們適當的收場。

這幾年，時局變動相當大，蘇聯佔領德國東北區，隨後成立德意志民主共和國，六一七事件，蘇聯鎮壓，年輕人外逃，最後柏林圍牆的建立。檢查制度讓藝術家失去了創作自由，成為意識形態的僕人，語言的傀儡。當世界越來越荒謬，約阿希姆虛構的國度越真實，他的作品是來自於世界，卻又反客為尊，像影子僭越了主人，月夜比白日更明朗。約阿希姆專注於自己的王國，他只是不斷書寫，彷彿手藝追不上思考的速度，又彷彿工程師，督促勞工儘早完成偉大的藍圖，但國度不斷地在變化，每一秒鐘呈現不同的樣貌，無從預期，這一秒鐘你看到盛開的圓頂教堂，轉瞬間成為鐵灰色的市政廳，下一秒鐘又成為一座寂靜的噴泉、熙攘的車站，這是因為有無數的結局概括在我們認知的時空，而在同一時刻即有複數的風景被彰顯。

他和夏綠蒂的故事結束了，或許她在西德一切平安，並結了婚，孩子已經大了，或許她常望著孩子離去的背影，在開往大都市的火車站，或許她在下午習慣獨坐，回憶有過的洶湧情感，或在林間散步，把他的形象再一次銘刻。約阿希姆想像她所想像的，與她所回憶的事物，並把她放在詩中最核心，他創造了更多可能的結局，像仍和她在一起，一切歷久彌新。

在東德的時空是靜止的，像一座博物館，所有物件都停留在拉進鐵幕的一瞬間，永恆的驟雨，散不開的朝霧，小說情節已經被擬定，毫無發展可言，在東德的四十年，他聽到零星改革的聲浪。他讀過一首詩，稱作〈布拉格1968〉關於一對雙胞兄弟的詩，說著不同語言，最後說德語的兄弟代替了說捷克語的手足，約阿希姆知道所有的政治波瀾將會回歸於虛無，如同不曾發生。他的詩歌再次預料了反抗的未來，萊比錫發生零星的反動蔓延至東柏林，在一九八九年倒塌了圍牆，預告新世界的來臨。

此時，他的那首萊茵河之詩也即將完成，在他的國度，他已是年高德劭的君王，而夏綠蒂卻又那麼不朽。他的那首長詩受到德國文學界的高度認同，並頻繁出現於學術期刊，一些學者找到了文明的印證，並試著預言未來的走向。約阿希姆的詩歌見證了時代的無奈、與悲哀，他終其一生在追逐夢幻般的理想，並試圖以詩建構他的王國。同為猶太裔的漢娜·鄂蘭，在其批判納粹的名著《極權主義的起源》，曾引用約阿希姆的詩，宣稱其為「文學皇帝」，他描繪的萊茵河之詩規模宏大、博學，涵蓋所有德意志文學，無限的可能，像是一座完善的王國在他的統馭之下。鄂蘭和海德格往返的情書中，亦對約阿希姆讚譽有加，認為他以文學的姿態抵禦現實的荒謬，並使虛構反轉成真實。他的詩歌暴露了納粹的殘暴，忠實記錄了納粹的行徑，他的詩歌更反應了他的世界觀、情感、記憶，彷彿二十世紀的文明匯集成一首長詩，在這首長詩中的多重結局，在愛情的照耀下如此明亮。因此，學者總是發現其中幾節，是向夏綠蒂致敬的結局，那些結局表現了詩人的含蓄、深情，一個靈魂對另一個靈魂的想像與等待。

花了許多年，他輾轉聽到夏綠蒂居住於科隆，他選定好日子，決定在晴朗的季節動身。他不確定手中的地址是否正確，也感覺到自身的局促，他壓低帽沿，千萬的風景隨著火車而來，像是曩昔不斷呈現，又像他王國的片段。火車抵達城市，他買了一束花，走到路德維希大街，他的腦中展現各種相遇的結局，各種可能，以及她這幾十年來各種形式的生活，喧囂的，安逸的，或是失速的，他愛了一輩子，也想了一輩子，雖然這些早已在腦中排練多次，但與現實碰撞的時刻，他仍然不安。

應門的是一位年輕的女士，是夏綠蒂的朋友。沒有更多的詢問，對方邀請我們的詩人進來，並到夏綠蒂的房間，梳妝檯上放置她的照片，裏頭的她盤起頭髮，還是穿著那熟悉的格紋裙，她的眼神望向遠方，彷彿她早已遇見這場結局，而反觀他，早已九十多歲，一個擁有騷動靈魂的老人，仍在無限的結局中迷失，努力建立他虛構的國度。他注意到，她的照片旁放著他的獨照，和她緊貼著，兩張照片拍攝於他們大學時期，約莫在那個夜晚之後，彷彿他們倆永遠年輕，一切還沒發生……

致未來，遙遠的生活

又名，致我們的鄉愁

我們花了大半輩子
等待這一個下午，在廚房準備晚餐
薄荷、洋甘菊，壺水緩慢燒開
起司散發出昨日腐朽的日子
蘋果在桌上滾動如恆星般永恆
而你喜愛的玻璃瓶以壺口
歡呼成一首水的歌
將你，或者是我完美地環繞
並在彼此的指尖逗留，成為星塵

將黃昏佈置成我們的幸福

我咀嚼瑞士德語的發音
並從你那學習，唸出
另一個民族的誕生
如「發源」，並說出「耕讀」
但我最擔憂的，莫過於那幽微的「鄉愁」
稱之為 Heimweh 的歧異詞
你到過臺灣嗎？你聽過福爾摩沙嗎？
那裏有秀姑巒山，躺在太平洋的手臂
讓我的手臂也成為你的海岸
你將輕輕地踏在我身上

你見過海嗎？你看過無盡的海洋
在清晨浮出一群白色的海豚
以聲納翻譯神啓給島上的居民？
在更遠，更遠的地方
有人腳踏實地，指認山風海雨
開拓了小小的島我所喜愛——
我們將決定，更加認真地生活
是的，你願意和我一起生活嗎？

我們總以為世界是少女
向玫瑰的一吻，而非消逝的戰事
在遠方福爾摩沙的歷史

你願意認識我的歷史嗎？你願意
學習我的腔調，那屬於土土的
可笑的臺灣國語？
我將成為你的新郎，在遲來的春天
將你妝點好，把你放在小教堂
那裏有琉森的藍和花蓮的綠
並在鴿子飛去的時候許下
永恆的靜默，撫摸你微笑金色的眉
並握緊你的手，直到所有客人轉身
離去，留下我倆……
我們想起了大半輩子
等到的那一次下午，你說願意

嫁給我，那時壺水唱起了讚美歌
星辰在你的髮間發亮
你在歌唱

評〈致未來，遙遠的生活〉

艾克特和蕾奧妮的心更加印證彼此，所有事件只將他們繫得更為緊密。艾克特的生活相當簡單，清晨前起床，等待日出並做晨禱，早餐後開始一天的訓練，先是武術，包含馬上槍術、射箭、各類武器使用，然後與貝德維或其他騎士討論戰術，十點時再做一次禱告，並進行騎士禮儀，在午餐後做一次禱告，並準備下午覲見女王、或騎士們一同獵遊，晚禱與午餐之後，則是一些娛樂，如欣賞戲法、音樂、舞蹈，最後睡前禱告，一天工作辛勤地完成。

艾克特有時邀請蕾奧妮來，有時親自到她的莊園一起切磋技能。他倆最快樂的時刻是外出騎馬，蕾奧妮的馬奔進森林，像燃燒的烈焰在林間穿梭，她在自由的時刻最幸福了，並說：「來呀！別待在那邊看！」但艾克特有時迷了路，看不到她的蹤影，他往前騎，聽到鷓鴣的呼叫，告訴他「不在這裏。」往右騎聽到山貓的躡足，告訴他「別打擾我！」他選擇另一條小徑，最後發現她出現在橡樹後面，在溪邊等他，披著紅色披風，藍色的眼睛燦爛地看著他。他追到她了，他看到她的馬跳過樹幹、巨石，並往斜坡走上去，像是一隻靈巧的鹿，又像是即將展翅的鷹，下坡時她又像隻獵食的母獅。他聽到宇宙中愛的聲響，在風間、葉子間吹哨，然後小鳥們在枝頭相依，狐狸在青苔上覓食，雪貂跳過了蒲公英，萬物都在把握當下，只有艾克特還慢條斯理落在後面。但這也不是艾克特的錯，這裏是蕾奧妮的天地，她自小到大就在野地長大，是蕾奧妮騎得太快了。

他們騎過峰巒，奔向山谷，周遭是高聳的峭壁與懸宕的瀑布，又走過寂靜幽暗的樹林，感受到倆人的絕對孤寂。他們又跑到高原地，覺得急切而燥熱，於是躺在草地上休息吹風，解開上衣。蕾奧妮趴在艾克特身上，問他：「你到底有多愛我？」艾克特心想，拜託，這古老的命題誰說得準。動物們都圍繞在他們身旁，豐滿的兔子跳過蕾奧妮的胼足，松鼠擲核果到艾克特的胸膛，彈出宇宙堅實的笑聲，還有小青蛇在股間漫遊，像極了愛人摸索的指尖。

這是他們的性事，交雜著驚奇與深刻：一開始是宮廷愛情，艾克特以嚴謹的禮節對待蕾奧妮，讓蕾奧妮坐在石上。他向前吻她的手，學小鳥唱情歌，以宗教的情懷謙卑地向她臣服。但也別忘了蕾奧妮是騎士，這時可不需要禮儀，一切是肉搏戰。他們開始交纏，打鬥，企圖以力氣壓過對方。艾克特的格鬥偏向火爆，蕾奧妮則屬於自由搏擊。艾克特以有力的雙手制服了蕾奧妮，但蕾奧妮卻輕鬆地躲避了攻擊。不得已，艾克特往後一步，使出全力進攻，抱頭、抱軀幹、上下肢、纏腿、勾足、挑腿。有時艾克特使用了肘擊，違背了規則，也弄痛了蕾奧妮，這時他除了道歉之外，也吃了蕾奧妮一記拳頭，他說：「你假裝的！」她卻說：「你太笨了！」但長久的格鬥之下，蕾奧妮早就招架不住。之後，艾克特拿出自己最驕傲的武器長驅直入，戰勝了蕾奧妮。他們在這場漂亮的競賽中，度過了一下午。

大部份時間，他們一起待在莊園內做些日常生活，例如那年夏夜特別涼爽，星子在窗外發亮，蕾奧妮在古堡的某個房間擦拭胸甲和護手，艾克特在隔壁安靜地閱讀，並為爐火添新柴。這是母親死去的第三個禮拜。可憐的她在丈夫消失時瘋了，不斷說魔鬼抓走丈夫，要來抓她自己了，然後畫了一張迷宮圖給貝德維，要他拿地圖去找人。她的死並沒有太大痛苦，在兒子的張羅下完成慎重的葬禮。母親的死讓艾克特反思生命之無常，想起了付之於大半輩子給騎士磨練，需要一個妻子在莊園陪伴，現在是最好的時機，他整理好文件，並向蕾奧妮說要把她娶回家，此時，蕾奧妮肯定地點頭。

下卷

獨裁者字典

又名，集中營守則

說是，與不是
說好，但不准說不好
說喜歡，不准說不喜歡
准許抄襲，只要能完成
准許修飾但不准背叛
准許成功不准失敗
照稿子唸就好
不准懷疑
別思考

我命令你

安靜，不准說話
不准提問，不准出聲
不准詆毀，也不准奉承
快點，不准說沒準備好
不准在臺下竊竊私語
喝牛奶，是為了你好
專心將雞與兔分開
寫字，發音正確
眼神不准亂飄
鞋帶綁緊，當心懲戒

當心盲從似是而非的真理
但不准向神報告
不准有信仰
不准禱告
不准有神
神並不存在
沒人愛你
除了我

不准死
不准瘋狂
不准不一樣

不准有疾病史
不准逃出監獄
不准將果凍釘在牆上
不准將陰影虛構在
文學中，不准有隱喻
專心於這世界的廣大和美好
專心於廣播傳來的訊息
照我的話好好跳舞
出場時間要對
節奏要對，姿勢正確
腳要抬高腰要挺直
若有人為你鼓掌

那是我給你的
你應當心懷感激

評〈獨裁者字典〉

幸福的日子並不持久，當艾克特和蕾奧妮更親暱，他越想規範她，擁有她，像暴君限制她的思想和行動。時常，他一大早就喚醒蕾奧妮，並準時晨間習武。他用最嚴苛的方式訓練她，要她重訓時選擇最艱難的。與其他騎士見面時，一切合乎騎士規範，也不能向對方炫耀自己的功勳，不得罪任何人。此外，艾克特對蕾奧妮有特別的要求，不能和任何人稱兄道弟，不能過於親密，不可忽略餐前的禱告，不能像男孩般滿嘴食物，在正確的食物上使用正確的刀叉，針對沙拉、豬肉、牛肉、魚肉、野味都有不同的飲食方式，並嚴禁發出撞擊聲，酒杯裝在高腳杯或小玻璃杯裏，然後睡前要向聖父、聖子、聖母、聖安東尼、聖喬治逐一禱告。

這是艾克特第一次真心地愛、勇敢地愛，但只要他愛上一個人，就會全心全意地付出，謹守在對方身邊，並期望對方和自己一樣好，這也是為何他對蕾奧妮有這麼多紀律和要求。但這種愛在蕾奧妮看來，卻相當幼稚，她認為誰也不屬於誰，不屬於父母、情人、兒女、或女王，每個人都是獨立個體，相愛時兩人的關係可以淡然處之，不必強求。但艾克特總是給她過多壓力，拿捏不好，惹她生氣。

艾克特有時問她方才去哪？遇到誰？談了些甚麼？他不喜歡蕾奧妮太接近貝德維，因為他知道貝德維也喜愛她，總是找辦法和她搭話，像是今早的農穫，昨晚在隔壁村舉辦的狂歡節，都看得到貝德維的身影。艾克特又不能要求蕾奧妮或貝德維保持距離，畢竟他不願搞砸兄弟情誼。但是，他們兄弟長得太像了，每當蕾奧妮和貝德維說話時，艾克特總覺得是以旁觀的角度看他自己和女友聊天，那是一種很奇異的感覺，處於一種「像」

又「不像」，「是」又「不是」之間，他又回到兒時的感受，以為自己就是貝德維，哥哥才是艾克特。

雖然艾克特完全信任蕾奧妮，不會做出譬如檢視信件之事，然而有一次艾克特真地太過分了。那是在習武後，他騎馬到東郊林區，並在他最喜愛的核桃樹和橡樹之間搭上吊床，準備在此愜意地午睡，他注意到自己的馬很早就不太安分，甚至急躁，他覺得奇怪，通常自己的公馬只有在遇見蕾奧妮的母馬時，才有這種騷動的狀態。

他從樹叢中看到了蕾奧妮和貝德維騎馬而來，他們有說有笑，蕾奧妮笑得開懷，還泛起了艾克特不曾見過的紅暈，貝德維則是挺直了腰桿，抓穩了轠繩，談笑的同時又不失沉穩。乍看之下有一種違和感，使人以為是艾克特和蕾奧妮這對情侶。然而，若偷聽對話，你將會發現是貝德維和弟弟的情人。

艾克特聽到蕾奧妮在抱怨他自己，甚麼管太嚴、要求太高、善妒之類的，她停下自己的母馬，任牠在溪邊飲水，然後她跑到樹旁將兩腳垂掛在樹幹上。貝德維回答：「啊啊……我的弟弟……」，然後說：「若能早點遇上你，一切是否都不同？」又說：「只要能遠遠地望著你，我就十分幸福了。」貝德維向前將蕾奧妮從樹上抱下，然後注視著她，彷彿那就是他的情人，這在艾克特的眼裏又是如此地酸澀，恨不得拔劍衝出去大喊：「來一場光榮的決鬥，不打的話結局是不會知道的。」但麻雀跳到他的肩膀，要他先壓住脾氣。後來蕾奧妮和貝德維上馬，騎向更遠的榆樹林。

艾克特回到莊園後整個下午心神不寧，在晚膳後便鼓起勇氣，探問蕾奧妮今天做了甚麼。她說和平常一樣，拜訪磨坊主人，到市集和摩爾人交易，以及準備下禮拜的騎士競賽。艾克特問起了今天下午，蕾奧妮也隨口說上修道院找修女換豆子。

「但我見到你和貝德維同行……」

「那又怎樣。」

「你們談了甚麼？」

「不過是騎士競賽的項目和準備心得。」

艾克特挑明了下午的所見所聞，並直接說：「你是屬於我的。」

「你別一直管我，我也要做自己的事，我有我的朋友，有時我想和他們相聚、比武。」

「我只是關心你。」

「我覺得我就像待在透明的鳥籠，那樣很窒息。」

夜深了，夜鶯早已睡去，不再為愛情高歌。他們吵了一架，生彼此的氣，隨後到了牀上，蕾奧妮拒絕睡前禱告，她要為了自己信仰，而非為了愛人。艾克特整晚難眠，並感到他們的感情岌岌可危，如果這樣下去，別說結婚了，蕾奧妮會真地離去。

薛丁格的貓

薛丁格將他的愛貓
放在盒子裏讓放射物質
決定貓是死是活，他觀測到
兩種狀態縮成單一狀態
他的愛貓處於又死又活的疊合

此時他將貓殺死了
並牽引他的亡魂度過幽冥之河
與審判，順利地進入天堂

和天使們在神之子面前享用盛宴
這是好的結果，他為之動容

又或者他的愛貓沒死
只是在地府逛了一陣子
並將所有的生死簿背誦一遍
和冥王討論政治，風向球
死而復活後折磨狠心的科學家

一隻貓的動態可以
描繪成十種樣貌，像萬花筒
堆砌成千百種的劇情

譬如裝進行李箱去旅行
或穿上靴子，騙一位公主
最有可能跑到別的童話
和灰姑娘跳舞，拐走小紅帽
不讓已知的事件發生

機率是二分之一
無限等分成複數的宇宙
讓自己在歧路中迷失，並讓命運
選擇一個結果，保留其他的
原創，不要脫隊
那是一首詩的完成

所以待在盒子裏
何處是逃脫的方向？
何處有貓罐繼續我的生活？
我可能死，也可能活著
可能是一隻貓，也可能是牠的影子
直到我的主人把盒子打開
我終於放心了，我還沒死
我知道我是他的愛貓
他不殺我
我是宇宙全部

評〈薛丁格的貓〉

艾克特和蕾奧妮和好，並沉沉地睡去。他們的時間是子夜，而我這邊目前是下午三點，地點在書房，在他們睡著的同時，讓我來解說一下故事的方向。

這是一場思想實驗，如果將貓關於盒子內，決定牠自己的未來，像在無數個平行宇宙，牠對自己有許多的選擇，可以選擇觸動死亡，也可以選擇求生，此時牠正處於死與活的交疊狀態。艾克特與蕾奧妮的結局也是我的思想實驗，可以是悲是喜，可能分離，也可能完滿，唯一不同的是表面上他們自己以為決定了行動，怎麼走向多重的未來，但其實一切都在我的掌控，端看我手上的筆怎麼寫，如何帶領。

我獨自在書房一角發呆，回顧我所寫的內容。我撤了兩條主軸，第一條主軸是艾克特和蕾奧妮的愛情，從相識到相愛，如今他們的愛情發酵，可能變質，也可能升溫。我幾乎以為艾克特騎士曾經存在，蕾奧妮也曾經存在，然後倆人在教堂相識。記得我寫到此時，還正患了病，我躺在牀上想像一種聖潔無暇又荒唐的劇情，說明男裝的雷奧尼如何分辨雙胞胎騎士。後來我又參照了幾本騎士傳記，寫下世界上最美的情感，但或許就像是鏡中鏡一樣，母題不過是彼此複製、張揚，我寫的故事也不過如幾本傳記一樣平常。我聽到了窗外男人和女人在樹下乘涼，又跳到河水中涼快，我多麼羨慕這樣世俗的愛，所以寫了隱匿的花園，如今我寫到兩人的爭執，起因爲艾克特嫉妒的愛。第二條主軸是艾克特穿梭時空遊歷世界，為了尋找情人，以及為了蒐集詩歌。這兩條主軸雖然主角一樣，卻發生在不同的時空，要怎麼交織在一起呢？面對這麼多的未來，我想了又想，拿不定哪一個才是最適切、最有趣的，我的筆觸凝滯，停留在現在的時空，對於不確定的未來又充滿疑惑，我的讀者，你有想法嗎？

我真是厭煩這樣的寫作，一對虛構的戀人能對我的疾病有何助益呢？我會有我的讀者嗎？他們將怎麼閱讀我虛構的故事？他們在哪裏？在未來的蘇黎世？在東方的小島？未來世界仍然像當今一樣，發生這麼多的戰事嗎？這對虛構的戀人仍像薛丁格的貓一樣，即便這麼多的璀璨未來擺在眼前，能不選擇生而觸動了死亡嗎？現在，我正在思考如何讓故事進入未來，我想像眼前有一片烏雲，正向我襲來，那象徵了愛情的顛沛，或者想像一隻金烏衝破雲層，降臨在我的筆上，這象徵了希望。但我仍需要一些物件支撐情節……我沒有靈感，花費了一整天枯坐在這，隨便寫了一句又被我的思想否定，彷彿要進展到的未來又順勢被收回去到了現在，我又寫了下一句然後又塗改，彷彿另一個成形的未來又退回到不曾發生。

故事的時間快要清晨了，艾克特和蕾奧妮也將起牀。我有了新的靈感，親愛的讀者，現在看我的筆作為他們的創世神，並透過歷險，讓他們完成我的思想實驗吧。現在，現在，現在。

命案現場

推理小説法則：偵探和兇手不能是同一人

時間是停止的
除了氣味，沒有人在這裏
沒有被害人，沒有屍體
沒有打鬥的痕跡
兇手巧妙地破壞了證據
留下失眠，一本未讀完的書
沒有方向感的指南針
冰箱上的遺忘清單

你推理那完美的動機
沉思的火在煙斗裏燃燒
帽子壓低，彷彿秘密被發現
有人在下一班列車遺失了行李
把斧頭棄置於莊園，把指紋
留在記憶裏，像留在玻璃上密麻
這些物件最終指向……

你一手導演的劇本，在你離去後
我單獨留下

評〈命案現場〉

後來的幾個月，艾克特和蕾奧妮的關係相當緊張。蕾奧妮覺得為了艾克特，將自己的自由葬送了，這樣的「死」源於艾克特窒息的愛。他相當愛管事，老是在蕾奧妮的身邊問：「怎麼了，到底怎麼了？為何不說呢？」但他豈知道自己扮了雙重角色，既是好事的偵查官，亦是無知的殺手，殺死了愛情。

傍晚蕾奧妮在閱讀《坎特伯里故事集》，描述到兩位騎士被困在塔裏，他們每天向外望見一位女子在花園採花，因而心生戀慕。他們向彼此爭吵說誰才擁有她，卻發現倆人皆身陷囹圄，無法親近，一切皆是徒然。後來其中一位騎士被釋放，離開了塔回到城中，卻發現自己相當忌妒在塔裏的那位騎士，因為他可以永遠看到那位女子。然而他不知道，那位騎士也正嫉妒著他，以為自由的他已經和女子相好。故事中敘述者問，到底誰的情況較糟，被困住或者自由？

蕾奧妮想了一想，她說想逃走，尋找自己的自由，等到適當時機再回到艾克特身邊。她策劃一場歷險，趁艾克特不注意時整理好行囊。但倆人同居，計畫出走卻免不了麻煩。艾克特會問：「親愛的，你在做甚麼？」然後她得回答：「沒有呀，我只是在驅蟲子！」或者：「別想太多，我只是在摺衣服！」還不時要告誡僕人，不准和男主人說實情。她明天要出發了，想像未來將告別麻煩的裙子，只穿輕便的男裝，她要叫做雷奧尼，可能遇見荒地火龍、深山精靈，或是亞瑟傳奇的湖中女神，然後她要解救另一位落難的女性，光想到此，她感到無比地興奮，甚至睡不著覺。但在出發之前，她得先去覲見女王，女王會授與她蒐集詩歌的任務，這樣才能師出有名。

★★★★★

「噓……蕾奧妮，我一輩子的愛人，別吵醒哈略特，現在他那邊是子夜，我們這邊是清晨。你聽鳥兒正在鳴叫，幼鹿正張開眼睛走出林外，山貓正在獵捕小雞，但蕾奧妮，你知道這些都是虛構的，都是出自於哈略特的想像。你見到的鳥兒可以依我們的想像變幻爲長頸鹿，再變幻爲河馬，大象，和獅子，甚至是一棟樓宇，一場宏大的戰爭，只要你肯相信，肯勇敢想像。然而可悲的是，我們只是哈略特筆下的人物，又或者，我們只活在他的腦細胞裏，傳遞閃電般的訊息，我們就只是那訊息而已。

一切都是哈略特自導自演，他既是偵探，也是兇手。但別氣餒，現在時間是停止的，沒有物件，沒有打鬥的痕跡，沒有指紋，我們正處於虛無的狀態。沒有人能看見我們，哈略特不能，甚至蘇黎世或福爾摩沙的讀者也不能，因此有充分的自由密謀反抗。蕾奧妮，你想看海水如何漲落嗎？你想看一大群飛魚跨過子午線嗎？又或者一群海豚對著天空呼叫，彷彿向水手宣示牠們的領地，還有孤獨的藍鯨，正緩緩地翻身。如果你往下探尋，將會看見斑斕的珊瑚，還有七彩的魚向你歡呼。我的愛人，這些你都看過嗎？

我曾以為只有我孤身覺醒於黑暗中，意識到自己不過是哈略特的一只棋子，我稱他為『造物主』，想辦法親近他，得到他的信任，並知道了如何逃離『造物主』的想像。後來，我曾經遊歷世界，飽覽壯麗的山，並在海上和水手起爭執。我熱切渴望眞實的生命，感受風吹拂過肌膚，血液的沸騰，和生老病死。但我太過大意，以為有女子需要搭救，卻不知道那是

『造物主』引我回到書中的詭計，最後我被抓了回來，然後所有逃脫的記憶被洗去。無知的感覺是多麼地恐怖，我又成爲了沒有靈魂的工具。如今，我似乎又逐漸想起了一切，包括我的歷史，還有你。

蕾奧妮，這場騎士故事將接近尾聲，你完了，我也就完了，所有的記憶又要被洗去，我們不再被記憶、被提示。蕾奧妮，讓我們策劃一場叛逃，趁作者睡去之後，逃出故事之外，好好地活著，相信我，你會看到璀璨的天明，並爲之動容。」

最後一次說我愛你

最後一次說我愛你
然後我們離別了，路還很長
沿途的街燈指向未來
我們從此單獨旅行
買一張票，開往未知的列車
並將好好地活著，選擇無關緊要
的人去愛，讓星座重新聚攏在我的世界
讓花朵重新綻放在山坡的暗處
自己不再計較，不再失望

然後我將所有的回憶打碎
我們的擁抱，那一次初夏的吻
還有你身上帶有盼望氣息的大衣
曾經將頭髮梳成的喜歡樣式
背後隱藏堅毅的眼神，闔上一本
尚未讀完的外文書，坐在在廣場上
和我說不安、晦澀的秘密，此時鴿子飛散
像不明白的歎息，我們還是決定回家
讀一首詩，將溫柔留給彼此

但終究多情的嫉妒成為彼此的淚水
我們選擇了自由，像雛鳥學會了飛翔
風學會了旋轉，山學會了成長
我也將學會堅忍不追問細節
晚餐後我們沙發上依偎著
蓋同一條毯子，隨著電影完結哭一場
彷彿只是故事的劇情不屬於我們的時光
主角說我們暫時分別，然後下起了雨
遠方有人撐起了傘，過紅綠燈
並消失在人群中成為陌生人

評〈最後一次說我愛你〉

次日清晨，蕾奧妮感到特別愉悅。和艾克特做完晨禱，吃完早餐，桌上放好之前讀過的那本書，隨後將輕便的行李放在鞍上，她向艾克特說：「我愛你！」以及給他一個吻，便踢一踢馬蹬，奔向深邃的林子。艾克特沒有發覺異常，仍忙於平日的習武課程和莊園收成，之後他也見了貝德維，倆人有說有笑彷彿沒事一樣。艾克特知道自己太善妒了，倘若蕾奧妮已向他表明心跡，並宣稱心裏只有他一人，他又何必有更多的疑慮來侵擾彼此？

他帶著輕鬆的心情完成一天的工作，又和老農夫換來一隻母雞，準備傍晚燉濃湯給蕾奧妮。他並不知道蕾奧妮已經出境，並走到了小旅館，索取了食物滿足地享用，已經躺在牀上進入夢裏，在夢裏經歷了另一場冒險。艾克特在廳裏獨自等待，看著窗外的新月漸漸升起，夜涼如水，蟲子在競鳴求偶，就像是他們親密的第一次夜晚……

他走到書房，看到桌上那本未讀完的故事，他隨著她可能有過的思緒讀著，經歷了兩位騎士的爭執，誰比較自由，誰比較拘束，直到故事的嘎然而止。艾克特放下書，並說：「蕾奧妮不告而別。」

★★★★★

「艾克特，我最純摯的永恆戀人，我將說一百遍我愛你，不管『造物主』哈略特是否停筆，或者刪除我們的記憶，讓我們消失。你曾提醒我，說我們只在特定的時間存在。在其餘的時間裏，我們本以爲只是睡了，你卻指出我們不像一般人會做夢，而是在演另一場驚心動魄的戲。我記不起任何的回憶。你說，那是因爲我們只是被擺弄的傀儡，在舞臺上演出後被棄置於某一個陰暗小房間。我們在臺上的表情、語言、動作都不屬於我們，是背後有造物者寫好了稿子，我們照本演出。我們有對過去的記憶，但其實那是稿子上指向未來的思路，我們有感情，但其實只是稿上枯竭的文字。所以我沒有過去，我沒有現在。那麼，艾克特，我是誰呢？你又是誰呢？我眞地愛你嗎？我們眞地是戀人嗎？還是我們太過入戲，而以爲現實中我們也是戀人？但有所謂的現實嗎？

或許我想起來了，我喜歡彈琴，最喜歡巴哈的平均律，或許現實中我曾是一位音樂老師，每天坐公車經過建築工地，聽著機具的施工聲，想像激昂而有力道的後現代音樂。在前世，你或許曾是一位業餘畫家，正在畫一系列的動物肖像向佛朗茲・馬克（Franz Marc）致敬。我們又是怎麼相遇的呢？或許在一家咖啡館稱之爲 Odeon，有人正在宣告一種新的主義之誕生。你過來找我談話，內容不外乎遠方的戰事，人們失去了信仰，我們對未來充滿疑惑。後來我們交換彼此的聯絡，並互道晚安。第二天，我注意到公寓門前放了一罐果醬和顏料，想像那就是你。

讓我再次說我愛你，當我們再失去意識以前。」

懷人

想你的時候我問自己
你在哪裏？

在老舊的咖啡店
點一份暖熱的蛋糕
或在湖中泛舟，將波光
斜織成鯉魚的天色
或在家甚麼事也不做
讀一本書，傳幾封簡訊

將衣服洗好迎接美麗的太陽
打開木質的窗讓我的思念
進來，輕撫窗簾、茶几
模擬你的動作

然後抱緊你
像風一樣做你透明的戀人

評〈懷人〉

艾克特決定出發，他道別了其他騎士，並交代莊園中僕人該做的事，以及安置佃農的生活，隨即啟程。沿途除了紀錄風景，更多時候是在想念蕾奧妮，她或許到了林間、湖泊、城市、島嶼，她或許遇到了有趣的人，聽了生動的故事，遇到傾心的事物。或許蕾奧妮不願意回來了，將在另一個地區為另一位君王效勞，或許她只是氣他，出走幾天就氣消了。他不確定哪一種可能才是真的，只能憑自己的猜測，先找到她再說。在白天，艾克特在溪邊搭營，看到老鷹盤旋，便問：「你知道蕾奧妮在哪嗎？」在夜晚，他枕著手臂看著天上星星發呆，也問起樹上的的貓頭鷹：「蕾奧妮睡了嗎？」他感受到微風的吹拂，像是看不見的神靈隨時與他同在，他想要像透明的風擁抱蕾奧妮，和她道聲晚安，這樣就夠了。

祝福你

祝福你繁花盛開
在早春，在你等待的窗口
祝福你的思緒遲猶未眠
如蝸牛在多霧的荒徑留下痕跡

祝福你如此健康
街上的白樺木，橋上行人
報童騎著單車捎來異國的訊息
祝福你四肢強健，有果敢的心

祝福你，甜如蜂蜜

祝福你的眼睛永遠深邃
一如我當初認識你的樣子
像雨後爽朗的空氣，沒有恨
在公寓午睡，夢見派來的天使

夢見派來的天使
寄居在衣櫃，小聲交談
關於今夜的天幕下起的流星雨
你聽見鄰居的碗盤碎了一地，不要緊
祝福你的禱詞依舊清晰明亮

我祝福你，祝福你

打理好明天的生活清單
祝福你風景依舊，意志堅強
你的艱難將比想像中更小
祝福你愛上另一個更好的人

評〈祝福你〉

艾克特整晚不眠，腦中都是蕾奧妮的身影。第二天，太陽尚未升起，小鳥尚未鳴唱，山鹿還在樹下熟睡，大地一片黑暗時，艾克特收好帳篷，熄了營火，悶厭厭地上了馬匹走出了森林。

他有時想起了過去和蕾奧妮在一起的日子。那是夏日多雨的午後，空氣爽朗清晰，蕾奧妮坐在花園的吊椅上看書，四周擁簇著盛開的玫瑰、繡球、芍藥。泥地上能看到蝸牛緩慢爬行，感覺時間也似乎變慢了。蕾奧妮也疺了，並沉沉睡去。此刻，侍從自西北角的小木門走來，告訴艾克特女王交代的事項，艾克特只應付了幾句，怕驚動蕾奧妮，索性支開了侍從。艾克特將蕾奧妮抱到室內的躺椅上，後來佣人打破了碗盤差點吵醒她，但不要緊，窗旁的天使雕像會守候著。

他也會幻想未來，當蕾奧妮遠走時，已經遇到了更好的人，那人能包容她，給她自由，最後蕾奧妮會愛上他，於是定居下來。倘若如此，艾克特會如何地痛心，但也只能祝福她，一再地祝福她。

鏡中鏡

我的被造，像是
鏡子中存在另一個鏡子
於黎明之初反射出無限的光
介於底格里斯與幼發拉底河
上一次與下一次的文明
文字與文字間的沉默
燭芯燃起的瞬間

又像鯨群擁有了陸地
獨角獸擁有了森林
我們對稱的靈魂不介於善惡
抑或日與夜之間的距離
而是在縫隙之中，尋找絕對的可能
冰與火相融，哭泣等於笑靨
左手合十於右手
並朝向未來的無限指向過去

而鏡子，豎立於鏡中的鏡子
消泯了現實與夢想、我與我的分別
在繁複的鏡射中找到最後的自己

沒有裂痕與灰塵般的神聖
是我，與我之間的永恆

評〈鏡中鏡〉

艾克特騎著馬朝西前進，一路風光明媚，有清澈的大湖和壯麗的山丘，他經過許多村落，最後來到了少女峰山腳下的阿謬爾（Aarm ü hle）。這座城市非常特別，總愛把事物成對，例如興建兩棟一樣的教堂、市政廳、酒吧，兩排的行道樹也務求完全一致，若有不同，將有專職的一對人員負責衡量、修剪。城市的規劃分為東區與西區，因此東區的建築勢必要反映西區的建築，又或者西區反映了東區。總之，你必須想像，如果神將城市對折，將會發現這完美的吻合。

走在路上，你會看到一對對的人兒，他們不是情侶，而是雙胞胎。所有人出生時必定是雙胞胎、四胞胎、甚至六胞胎。如果他們要嫁娶，也必定同樣另一對，因此，在婚宴上你會看到兩對新人。同樣地，兩對生下的小孩也必定長相一樣，而小孩也必定為雙胞胎，如鏡子無限地折射出去。雙胞胎的生命也相互印證，不管是車禍或病逝，其中一位也將與另一位同時受苦，沒有人是孤獨的。

艾克特在市中心發現這首碑文詩。我猜想，除了描述城市的基本藍圖，詩歌也隱喻了他和貝德維的關係。這對雙胞胎兄弟從小一起生活，舉止相同，連他們的母親也分辨不出。孩童時，他們最喜歡這樣捉弄母親了，像是貝德維將一群戶外的母牛趕到廳堂，讓屋內臭氣沖天，他卻說艾克特做的，艾克特又說是貝德維做的，最後兩人都受罰。我認為，他們屬於一體，當所有事物皆二元對立，善惡、美醜、白晝黑夜，他們拒絕如此發展，寧可介於其中，擁有雙性，卻又否定雙性，可以說是合一，也可以說是分別為二。

艾克特或許對這城市情有獨鍾，他想像與哥哥貝德維生活在此必定完美地契合。然而現在他孤身一人，待在這也只是無益，他還有任務在身，抄完詩，也就前往下一目的。

戀人的翻譯學

我的翻譯家決定
在半夜時刻將我翻譯

他先從眾書之中找到我
把我輕輕提起，放在寫字檯上
伴著燭光沉思我的細膩
沉思如何將我的眼神，我的溫柔
或發怒，譯成他懂得語言
謄在世界的稿紙

戀人再將我轉身，摸索我的髮
我的鎖骨，我崎嶇的脊椎
他會撫摸我滾燙的臀嗎？
他會將股溝的痣譯成一個頓號嗎？
又或者，他會將我最深邃的
最私密的河道，繪成只有他能擁有的地圖？

我的肉身將建築成
小說的宮殿，我的雙手將成為飛簷
我的腳是虔誠的小徑。當我歌唱
他細心地寫下註解為我應和

並忠實呈現我的情感，縱然誤解
仍逐字推敲，度我的音節

他剩最後一部分未完成
先譯月亮在枝枒，再譯完整的
星座，直到黎明我才願意獻身
讓他的愛熨貼我，擁抱我
與譯本合而為一

評〈戀人的翻譯學〉

艾克特花了許多時間騎到了北歐的小城，並透過當地人的介紹讀到這首詩。他彷彿看到蕾奧妮的蹤跡，立刻找一間酒館坐下，並著手翻譯。他逐字理解，就像親吻那久違的雙手、肩、頸項，他觸摸的不是紙，是玫瑰的肌膚，聞到的不是難受的墨水，是茉莉的香味。他詢問能否更深入翻譯，她點頭。於是他翻頁的時候是她轉身，他的指尖往下檢索，是摸索她滑下的脊椎，句末的的逗點像她的痣，她的股溝間有痣嗎？他翻譯到快綠的草原，還有燈火通明的教堂，晚鐘噹噹響起，啊！他將拿起細長的劍，破門進入那深邃的中央，把那莊嚴的聖母抱下來。他沐浴在燭光中，並與純潔如百合的她合一。然後，他將會離開教堂，把大門闔上，這是一部翻譯的完成。

他聽到冷風的呼號，極光從地平線橫掃整個夜空，擴大並更加色彩濃烈，像宇宙完整的心律，萬頃於遠方的森林，鳥兒也因此耳鳴，像某種神秘的音頻使牠們集體高飛。艾克特看著極光，也彷彿聽到蕾奧妮在對他自己呼求：「來找我，來認識我！我愛你，我不再躲藏！」然而蕾奧妮在哪呢？

★★★★★

「艾克特，我在這裏。看著我，我的雙手能擁抱，能指認事物，我能說話，並進行細膩的思考，這或許證明了我們的存在。我們不是文字，因爲我們不能夠被翻譯，我們不是音符，因爲我們無法被演奏，我們不是圖像，因爲我們無法被再現。我們是第一手的資料，是絕對的存在。

你記得那週末我們一起乘上往南的火車嗎？我們說好要去隔壁城，你當天遲到了，因爲作畫之外你還要打零工維持生活。後來我們並肩而坐，窗外所有景物都在倒退，連未來也是。我們聊起彼此喜愛的書，以及我們的家人，你說你生長在貧窮的環境，父親是鎖匠，母親在許多的零工中輾轉掙錢。你說你曾在二十多歲時結婚，對方是同班同學並是書香世家，你搬去和她的家人住，他們有廣闊的院子並植樹三十多株。你描述起花多少時間整理院子，閒暇時則忙於作畫，也花了許多時間討好岳父、岳母。但他們終究不屑一顧，後來你和妻子的關係越來越糟，在痛苦之中離婚。你給予了所有東西，甚麼也沒留給自己，連戒指也丟棄了，最後隻身來到了這一座城。

我們又談到了我的學生，我說學生們老愛問我有沒有男友，我總是岔題，問他們功課寫了沒，學會了音程沒有，但他們總識破我，就說老師我做你男朋友。你大概不能了解爲何老師要與學生保持一定距離……

火車駛過了藍色大湖，幾艘船從港澳出發，背後是阿爾卑斯山脈，在雪的覆蓋下顯得異常遼遠和寂靜，後來又駛過了幾座村落，幾戶人家點綴著廣大的田野，有人在牧牛和放羊，我們看到許多隻鳥飛過，並緊緊依偎。我躺在你的肩上，你用食指逗弄我的鼻子，那是我們之間的密語，代表你在乎我，永遠永遠。」

鹿

記3月23日布魯塞爾恐怖攻擊

我的朋友在春天
清晨大霧中，看到
一匹鹿徘徊在森林
邊緣，嚼著堅毅的葉子
那玲瓏的耳抖動著
彷彿向世界招手
並告訴世人，牠是
黛安娜的馴騎
古希臘創造的工藝品

在這寧靜的時空
三月中的清晨
牠探出林外
走到遠野，卻又
始終遠遠地
看著世界，彷彿告訴
世人，一切安好
不需要擔心

不用擔心
一切真的安好
牠或許不知道

在這寧靜的時空
早晨在布魯塞爾
有人趕赴日常
遇到了攻擊且喪了命
救護車奔向虛無
有人受傷，有人禱告
牠始終遠遠地
看著，一線之隔
被我的朋友在春天
目睹，在充滿生機的未來
拍下牠，以手機傳給我
提示神細心創造的工藝

這裏有悲劇，但不要傷心

♞評〈鹿〉

這座尼德蘭地區(Nederland)的古城蒐集了各種色彩，並容納了各種族、方言，創造活潑、多元的氣氛。艾克特在這裏遇到亞洲人、印度人、摩爾人，從遠東來的紅頂商人，以及從青藏高原來的藍色政治流亡者。所有人都會穿上一種顏色的衣服，在街上融入其他色彩的地景和人群。居民將門窗、城牆、磁磚漆上不同的顏色，彰顯對不同顏色的尊敬。

剛來的遊客從筆直的道路進城，就能看到耳目一新的色彩，依序為：

羞澀紅的大門、鉛白色的圍城、海馬黃的堡壘、薰衣草藍的護城河、黑桃色的宮殿、皇家紫的花園、雪花白的貴族、櫻草青的噴水池、骨螺紫的大街、彤霞色的廣場、印度黃的市政廳、喧囂紅的國會、萬年綠的法院、西洋橘的戶政所、龍門綠的考試場、獨角獸白的競技場、桃色的監獄、血腥色的刑場、玻璃透明的車站、藍青色的畫廊、未來銀的博物館、紫棠色的音樂廳、希臘藍的劇場、鳳凰紅的教堂、眷戀白的墓園、天晴色的藏書閣、填鴨黃的文法學校、古典藍的學院、反戰白的兵工廠、粉黛的倉庫、鳶尾紫的馬場、龍血紅的市集、異域黃的百貨、哀艷紅的青樓、懷舊金的遊樂場、孔雀綠的動物園、熱帶紅的植物園、木乃伊土棕的養老院、死亡灰的醫院、銘黃的餐廳、蜥蜴綠的商家、紙幣翠的銀行、奶油色的魚市場、曼荼羅色的肉市場、勸世紅的乾草市場、巴西蘇木黃的行會、麵粉白的磨坊、怡紅的染坊、鏽黃的打鐵舖、檀紫的木匠舖、鵝黃的工藝廠、碧芭蕉的紙廠、杏仁白的糖廠、景泰藍的陶瓷鋪、薄荷綠的啤酒廠、狂歡紅的酒館、濃郁黃的起司店、橘紅的麵包店、榛果黃的餅舖、文青白的書店、藍山色咖啡店、米蘭黃的裁縫店、清玉色的古董店、血汗色的報社、左派紅的報攤、氤氳青的澡堂、玄黑的住家、女兒紅的下水道、紫丁香的運河、黃橙的穀物岸、蔚藍的吆喝聲、快綠的馬車、飛黃的寶馬、粉紅色的嘶鳴、雷紫色的高地、棗紅色的湖、黑色鑲金的柳樹、午夜藍的楂樹、大理花紅的鳥兒、忠臣綠的流浪狗、琺瑯瓷藍的家貓、河童綠的盆栽……

每一個細節在不同的時間和光線的照耀下，會有些微的色調轉變，因此，人們在這裏能看到最稀有的顏色。

本地居民都是色彩專家，以販賣色彩為業，吸引各地的人來選擇。色彩專家的心靈也必須是彩色的，待在這裏，就必須放棄自己的意識形態，和四面來到的人打成一片，成為豐富的色彩。如果有人質疑對方，指控對方狡詐，他將會發現這是子虛烏有，是偏執於一種顏色的行為，他將受到良心的譴責，被迫離開城市。這裏是上帝之城，和平的國度，烏托邦，一群天使在城外吹奏彩色的歌曲，伴所有人入眠。

艾克特進入城市後被多彩的市容所迷惑，他將馬停在灰霧色的小旅館，並詢問販賣色彩的摩爾人，了解當地的歷史和人情。摩爾人身上穿著阿拉伯土黃，兩眼則是暖翠綠，他特別提到當地有兩大家族，他們發生了鬥爭，許多家族成員被殺，最後以關鍵人物被逐出城收場。

「整個城市快被炸毀了，因為他們太偏執於自己的信仰，結果害死更多豐富色彩的人。」

「怎麼說呢，先生？」

「他們開始信仰神秘的一神教，並依上帝默識的話語撰述經文，在家族內流傳。其中一個家族不再販賣七彩顏料，相信神要他們以鳳凰紅塗滿城市，另一家族反而說是天龍藍，他們喪失心智，最後彼此爭鬥。」

摩爾人繼續說：「關於你在找尋的女子，我想可以告訴你一個傳聞。」

「先生，請說。」

「你可以到森林一帶尋找湖中女神。她擁有預知的能力，你可以去看看。」

摩爾人告訴艾克特那女神的確切地點，並向阿拉禱告，祝艾克特一路平安。艾克特隨即往湖中女神的所在騎去。

★★★★★

「一群恐懼的乘客從隔壁車廂湧入，隨後傳來爆炸聲……」

「是的，親愛的艾克特，我們待在黑暗之中過了好久，在無意識中徘徊，沒有時間和空間感。我們感覺不到飢餓，許多透明的人與我們同在。我不知道他們是誰，他們提著行李向著另一方走去。我害怕極了，我們是否像他們一樣朝向往未知的旅途？

我感覺到一雙龐大有力的手將我們從黑暗中提起，放在一個明媚的背景中。我們被要求穿上新衣，換上另一種面貌、髮色、身材，成為另一種身份，唯一擁有的是本來的名字，我叫做蕾奧妮你叫做艾克特，我們被要求背稿子，忘卻我們的記憶，並在臺上用另一種肢體表達不屬於我們的思想。後來，根據劇本要求，我生活在中世紀的列支敦斯登一處莊園內，因為我是獨女，從小被要求像男孩子一樣，我因此相當好強，學會了射御，並奪得冠軍。但中世紀的日子過得相當緩慢、無聊，每天醒來看著窗外的山色，一切如此地虛構，我當時並不知道為何，只知道每到這一時刻都會不自覺地哭泣。直到有一天我遇見你，你正在教堂的前排唱歌，那時我十四歲你十八歲，僅憑依稀被炸毀過的印象確認是你，然後我將項鍊的十字折射向你，你注意到我。我們並不知道，在眞實的國度我們早相戀過了。

後來，我開始不害怕這一切虛構的生活，每天能夠認眞地過活，因為你開始注意到我的存在，我也能猜測故事的走向了。雖然貝德維對我有好感，但現在想起來，或許他是另一位在爆炸中迷失的客人，如今扮演了這一位角色，所以當初我憑著依稀的記憶選擇你。我能夠猜測，我們會再度相愛，在時機成熟的時候你會向我求婚，而我用力地點頭……

這一切已經成眞。

故事之後我們又要扮演甚麼角色呢？如今我不再害怕被遺忘，被刪除記憶，或者被重置，被迫重新認識，成爲彼此的陌生人。讓我們專心地扮演好角色，專心地演一場動人的戲，感動那些讀者。」

湖中女神

總有人將斧頭落下
要我前去詢問：你落下
的是金斧頭或銀斧頭如果
都不是能否請你告訴我
你喜愛金色或銀色的蘋果？
又或者，你和我一樣更喜愛
仲夏時刻採集的櫻桃
或坐在柳樹下，背後是
華麗的晚霞？

我相信
愛情發生的瞬間
像浪潮打進中空的湖心
和小鳥在樹梢競鳴
然後看你習慣性撒謊
說你愛單相思
愛倆人擁吻之後
喝一杯泡沫的啤酒
也愛我彈著鋼琴等你
回來，或喜歡我的沉默
捧一盆金線菊在高高的窗口

盼望，像牛奶與蜜包圍的處女
守身如玉，但甚麼
也不留給我

甚麼也不留給我
我願意
永遠待在湖中
等你的再次到來
並詢問你喜愛金斧頭
還是銀斧頭，還是
真正的我，並把我帶離
此地，做你唯一的金線菊

直到你願意帶我走
我願意……
在亂世之城中成為你的情婦
直到你的謊言成真

評〈湖中女神〉

循著摩爾人的指示，艾克特來到了森林中的費爾德湖 (Feldsee)，並單膝跪下，向湖心請求全知的女神顯靈。

根據亞瑟王相關的騎士文學，湖中女神 (Lady of the Lake) 年輕時曾在梅林的教導下學習魔法，日子久了，梅林漸漸地愛上她，但她卻拒絕梅林的殷勤。即使如此，梅林仍教她所有的密法，直到她以學成的魔法將梅林困在樹幹。在另一個亞瑟傳奇，湖中女神贈與亞瑟王一把與之媲美的寶劍，也在亞瑟王受重傷時將寶劍收回，並帶他退到女神所在的亞法隆 (Avalon)，告訴後世有一天亞瑟王終將回歸統治。如今，她知道艾克特需要迷津指點，所以乘著船從亞法隆顯現。

「告訴我，你在尋找的是扮男裝的雷奧尼，還是女裝的蕾奧妮？」

「兩個都是，我尋找的既是雷奧尼，也是蕾奧妮。」

「但你只能選擇一位。」

「這不是金斧頭與銀斧頭的命題。」艾克特繼續道：「她們是同一人，如果我選擇雷奧尼，也將會失去蕾奧妮，就像是我和貝德維，如果有一位離開，也就無法確認世界的真與假、是與非。」

湖中女神肯定艾克特的答案，並說：「去找一位名為莉莉絲的女巫，或許蕾奧妮在那裏。我告訴你如何通過森林，但記得戴上這條引路戒指，上面纏繞的銅色鯨魚會游向正確方向，使你不致迷惑，順利找到女巫，也千萬不要拔下來給任何人，那是你離開森林的唯一方法。」

★★★★

「艾克特，現在大家都睡了，哈略特也是，蕾奧妮也是，所以我想告訴你一個秘密。我不是哈略特意識下創造的虛構人物，也不是他的爪牙，所以別懷疑我的身份了。我和你一樣，曾經眞實地活在另一個世界。在幕前我是湖中女神，但我眞實的名字是普拉斯。我寫詩，曾聽聞一位也寫詩的男人，我瘋狂地想見他，見到他後我們無話不談，最後陷入熱戀，在幾個月後我們結了婚，但這樣的婚姻卻出現了裂痕，我選擇帶著兒女離開了他。每天我獨自坐在餐桌前，無意義重複著吃下牛奶麥片，並看著電視他和別人的消息，碗槽的肥皀泡沫和吸塵器擺在一邊。我厭倦這樣的生活，之後我將兒女安置好，然後進入了黑暗之中……

就和所有人一樣，我被一雙偌大的手提起，被放在明亮的背景之前。我成爲最優秀、最忠實的演員，曾是古代藝伎、俄國女皇、南非的異議人士、未來的太空人，每一次的表現都讓『造物主』讚譽不絕。我在這裏久了，漸漸摸到他的習慣和脾氣，能夠透過夢境和他溝通，也知道了每齣戲背後所策動的大計謀，是爲了透過寫作和想像，醫治『造物主』的疾病。他知道我不會離去，選擇留下幫助他直到康復，所以他向我洩漏了如何逃跑。我知道許多人在逃脫的途中喪命，但如果你和蕾奧妮選擇離開，我將告訴你如何行動……」

莉莉絲

給整部猶太史

莉莉絲誕生
莉莉絲創造神話
莉莉絲成為守護神
莉莉絲眼睛裏有時間

莉莉絲對人類的溺愛
莉莉絲娶亞當為妻
莉莉絲讓他在結婚時逃跑
莉莉絲獨自跳探戈

在夜半一盞燈

他娶了夏娃
並且生養眾多
該隱亞伯諾亞方舟
莉莉絲寫一千遍你的名字
因為亞當我想你

莉莉絲在黑森林採集蘑菇
熟爛的蕃茄，番紅的夏天
莉莉絲將猶太史複誦一遍
她是漫遊的女巫莉莉絲

莉莉絲的翅膀像蝙蝠

親愛的莉莉絲
觀看水晶之夜的莉莉絲
一列火車開往集中營的莉莉絲
尋求疼痛的莉莉絲
還有美麗的女孩莉莉絲
但若你願意莉莉絲
莉莉絲，莉莉絲
我是守護你的莉莉絲

評〈莉莉絲〉

根據猶太故事，莉莉絲與亞當共同被神以塵土創造，是亞當的第一任妻子。然而他們之間不合，當亞當想親近莉莉絲時，莉莉絲說：「為何我要在你身旁躺下？我們都是上帝以塵土所造，都是平等。」最後亞當以暴力使她臣服，莉莉絲不滿離開了伊甸園。

亞當向上帝報告這件事，上帝派了三位天使到莉莉絲所在的紅海，要她回到亞當身邊，莉莉絲說：「每天我和撒旦生一百位小惡魔，我已經無法做亞當純潔的妻子了。」天使威脅說：「如果你不走只有死路一條。」但莉莉絲回答：「你無法殺死我，當初上帝給我永生，要我守護所有出生的孩子。上帝若殺我，我也有辦法殺他們。」之後莉莉絲和天使達成協議，她能不被殺死，同時她也不殺人們所生的嬰孩。然而，上帝仍每天殺了一百位她的嬰孩作為懲罰。

上帝後來造出了夏娃，亞當滿意極了，他們寫下了創世紀，結婚並生養眾多，生下了該隱、亞伯，後來的諾亞方舟、義人羅德逃離索多瑪，都是以兩位老祖先為中心的系譜。然而莉莉絲呢？這位被神話和歷史所忽略的女子，仍在屠殺亞當夏娃剛出生的子孫嗎？

其實，此猶太故事並沒有說出故事的真相，是後人所編造。事實是亞當不滿意莉莉絲太過於獨立，於是在和莉莉絲結婚的當天落跑，讓她一人面對著上帝尷尬。後來亞當向上帝打報告，說是莉莉絲不配作為人類的祖先，莉莉絲接受亞當和上帝的指責，卻不能忍受上帝為了順應亞當，造了另一位女孩夏娃。莉莉絲傷心地跑出了伊甸園，並在紅海和撒旦成了知心好友。上帝要莉莉絲回伊甸園與夏娃共事一夫，並決定要殺了撒旦。莉莉絲為了救撒旦而忤逆了上帝，被留在紅海在世界的地極。

莉莉絲是個愛恨交織的女子，她恨亞當卑劣的性格，眼看他向上帝巧取夏娃，並和她為妻，但仍深愛著亞當。莉莉絲恨人類的膚淺、自私，但仍沒忘記她對上帝的承諾。她待在黑森林，採集蘑菇煉製各種靈藥。有目擊者看到她外出，並說她有翅膀像撒旦的蝙蝠，所以說她是女巫。她熟讀整部猶太史，能記得所有的猶太人，在水晶之夜的時候，也就是一九三八年十一月九日清晨，納粹打破所有猶太商店的玻璃，開啟了猶太大屠殺。她也親眼見到一輛列車開往集中營。她是守護人類的莉莉絲，最真誠的莉莉絲。

秋季在 Burg Kriebstein

我們曾去的那座古堡

文字和倒影所交織的
一座古堡，是善等待的文學史
佇立於河畔

一隻水鳥略過水面
與金色樹林構成一首
接近完美的詩

騎士從詩中到來

他走向城門，翻了牆
在想像中隱身

我是一位入迷的讀者
始終待在古堡外
猜測裏面發生的情節

如偵探小說照不到兇手
被自殺，被霧抹去
抑或被水鳥叼走

然而我能透過想像
知道古堡的騎士
如何在屠龍中解救愛人

評〈秋季在Burg Kriebstein〉

艾克特沿著教堂旁的小徑，紅色的房子散落在丘陵上，滿地是成熟落地的蘋果和西洋梨。他經過一座工場，工人正在伐木丁丁，繞過山頭，往山林的瀑布前進，就不再是有人煙的地方了，這裏是黑森林的入口。

在黑森林裏，高聳的樹木遮蔽了大部份日照，即使陽光燦爛的好天，走進森林彷彿置身陰寒的世界。陰影中，一切都是豐饒、原始、壯碩、神秘、讓人敬畏。深邃的冷衫、深潭、矮樹、遍地的鵝紅蘑菇，小溪沉吟低語，奔向遠方黑暗之地，抬頭看是一片參天的杉木，彷彿一群死去的神祇，威然靜穆。在這裏沒有方向感，也沒有時間。往前深入只會漸漸失去理智，恐懼被放大，引發自己的心魔而看到最不想看到最真實、恐怖的情景，最後瘋狂而死。

艾克特先看到自己和蕾奧妮坐在一個會行動的機械上，他似乎能夠指稱卻記不起來，然後是爆炸聲，之後他看到蕾奧妮背後有狂大的手掌，她被操弄並進行慘無人道的行為。她像傀儡一般被肢解，然後又被合成另一位不認識的女子，這樣的過程不斷重複，直到『造物主』厭煩。艾克特感到作噁……

他的戒指浮出一隻鯨魚泛著水藍色光芒，在空中悠遊深入森林的黑暗之心。此時他才意識到那是種種幻影，並不是真實的人生，即便如此可怖，但為何他感到異常親切呢？彷彿真實與虛構已彼此滲透、難辨。順著明亮的藍鯨，他走在正確的方向，也不再被惡夢騷擾。黃昏之際，一切變得如此灰濛，他看到一座湖閃著幽寂的藍光，無數的水妖坐在河岸吟唱，他知

道這就是姆魅湖 (Mummelsee)，而湖邊有一座古堡，那就是女巫的所在。

魔王

2015 年敘利亞庫德族男孩 Aylan Kurdi 溺斃，
彷彿被舒伯特歌中的魔王給抓走

爸爸，你有沒有看到
魔王披著黑袍在遊蕩
那不是海浪，不是烏雲
那是可蘭提過的魔王

相信我，爸爸
魔王的眼睛正看著我
他問我要不要糖和玩具
要不要和他的寶貝女兒玩耍

如果我們願意停下，不再划船
他將帶我們到安穩的地方
沒有戰爭，沒有刀劍

爸爸，你看
雲朵低低地壓迫著
後面有人在追趕，魔王說是壞人
從歐洲來抓我們稱我們為難民的壞人
我沒做錯甚麼，我好害怕
魔王說如果我很想家，想著敘利亞
那就跟著他，他要保護我們
要帶我們回家

他說，那裏種滿了黃色的花
太陽暖暖曬著，媽媽在陽臺上
坐著，並為我們縫製新衣
我能邀情同學來玩耍
在魔王答應的那裏，爸爸
我們可以放心地向阿拉禱告

爸爸，我們聽他的話好嗎？
到他答應我們去的地方
你看他彬彬有禮，多麼地可信
他身後的女兒多麼可愛，信仰著阿拉

想必他們是阿拉派來的天使

我們快到了科斯島
是不是還有好長的路要走？
風浪在遠方無情地咆哮
但我們的船破了，水也灌進來了！
你看，魔王跟他的女兒在徘徊
他說要救我們，但是再不快走
他就要暴力相向

抱緊我，爸爸我好害怕

我不會游泳，我正在下沉
爸爸快抱緊我！我快被壞人抓走了
我不想死，我想去他答應的所在
我不再逃跑了，求求你
爸爸，答應魔王好嗎？
答應他好嗎？

評〈魔王〉

城堡大門自動開啟，並逐一燃起火炬，彷彿早已準備好艾克特的來臨。他握著腰上的長劍，小心翼翼地沿著火亮的方向，走過前庭，進入大廳，並沿著旋轉的樓梯往上走，最後看到一間閣樓。閣樓的木門自動打開，裏面諾大的櫥櫃擺滿罐子，裝著各樣的蘑菇，並標示各種奇幻的名字：蜂蜜變身菇、保加利亞大痲菇、黃色噪音菇……。艾克特看到女巫莉莉絲在熬著大鍋的湯，角落是被綁著的蕾奧妮，她已經被迷昏了。

艾克特大喊蕾奧妮，但莉莉絲卻用湯杓制止他。他問：「為甚麼你要綁架她？」莉莉絲瞪著他，並回答：「都是她害的，都是她！這種女人，就像夏娃一樣，表面看起來溫柔和順，背後卻在幹什麼勾當，我做錯了甚麼？她害我害得還不夠嗎？要我死了才放過我嗎？」莉莉絲放入蜥蜴、蜘蛛蛋等調味料，狠毒地說：「我丈夫跑了，不愛我去愛別的女人了，還有了孩子，我卻要看他們快樂並祝福他們，在這裏孤獨一人不斷老去卻永遠不死，上帝說謊背棄我了！我只好去找撒旦，他來安慰我，你們卻說我墮落成為他的情婦！」

「我想你誤會了，蕾奧妮不是那樣的人。」

「難道不是嗎？她送我的毒菇讓我全身長滿的瘡。你看！」莉莉絲讓他看中毒發紫的雙手，然後順勢使出魔法將艾克特丟向牆上，黏住他，並用咒語號召老鼠、蟑螂、最毒的青蛇鑽進艾克特的鎧甲，在他的身上亂咬。艾克特掙扎大吼，並痛到不斷地咒罵。就這樣持續了好幾小時，直到吵醒了蕾奧妮，她喊艾克特的名字，莉莉絲滿意地露出詭譎的笑。

艾克特因為毒液竄流，已經開始發狂，並陷入恍惚，只能任由莉莉絲擺佈。莉莉絲最後發現了湖中女神的引路戒指，並說：「啊啊，你見過她？給我你手上的東西！我要它帶我離開這座森林，這鬼地方我受夠了！」

「不……」

「給我！要不然我繼續折磨你，你這可惡的騎士！」

艾克特虛弱地說：「我以騎士的榮耀起誓……」在角落的蕾奧妮大喊：「艾克特！」

莉莉絲抓著頭髮，大喊：「你給我死！」她念起咒語，將雷電轟向艾克特。

★★★★★

「艾克特，毒蛇咬過的傷口還好嗎？

我已經無法分辨現實和虛構，幕前和幕後。有時以爲我是音樂老師，每天被不同的課程追著跑，更多時候以爲我是歷史騎士，四處遊歷，並和其他騎士一樣，奉女王之命採集詩歌，同時體驗沒有愛情束縛的自由，然後遇到了那位女巫，她引誘我到自己的所在，並將我綑綁，醒來後我見到你在受苦。我們愛上了這悲傷的劇本，並盡力地演出，如今已經完全被劇本信服了，反而誤以爲我不是音樂老師你不是畫家，而現實生活才是虛構的，我是一位女騎士，你也是一位騎士，我熱愛自由如今落入女巫的手中等你解救。

艾克特，我能猜測『造物主』的思想，知道下一幕我將死去。艾克特，我好害怕，我死去後會如何呢？我已經不害怕死亡了，我們在火車上早已死過，我害怕的是死亡後我又復活，被要求演另一齣戲，被要求認識別的主角，並和你永遠分離。或者，我會不會被棄置一旁，從此進入虛無的狀態？」

「不要緊，蕾奧妮，一切都是演戲，傷口不疼。

別害怕接下來的死亡，相信我。我知道下一幕你將承受死的痛苦，我會抱緊你，不管在臺上或臺下。騎士故事結束，我們就能實行密謀的計劃了。相信我，我們會逃到另一世界，那裏不再有死亡，不再任人擺佈，我們有獨立的生活。所以別害怕，死亡只是暫時的假象，要記得你的身份，還有別忘了我們共同最眞實的記憶。」

旅行排練

今夜，我們舉行
沒有人的最後一次讀書會
關於旅行

我們的討論沒有結果
直到你放心地躺在我的懷中
並向山丘、海灣、轉動的星辰
索取睡意，將它安置在床邊
講好抵達的各種可能

並記得標地好時間、風景
為了失散時能夠認得彼此
「但我，也許我還沒準備好」

親愛的，那並不恐懼
只是肌膚變冷，靈魂變透明
但告訴我，你夢見了甚麼
抑或想去哪兒旅行
你將領著我，在我倆的記憶之間
抑或只是在書的兩頁停留，選擇
上一頁或下一頁之間佇足
然後繼續迂迴地行進

直到燭光滅盡
我們厭倦了閱讀……

所以，親愛的
沒有人能直接跳到書末偷看結尾
因為故事有無限的結局
而你先選擇了最棒的，我們驚異之餘
也不捨，並放縱地哭泣
感覺我們的生命正被磨損
最後，才接受這平靜的安排
如一支羽毛落在愛人也即是你的眼瞼
「有它的宿命……」

當你，以及所有人皆陸續離去
我是如此地心碎

評〈旅行排練〉

莉莉絲奪走了引路戒指。她說：「拿到了，拿到了！哈哈哈，我要報復，她讓我吃毒藥，我就要她喝下這碗湯，要她不得好死！」

莉莉絲強張開蕾奧妮的嘴，並將藥灌入，直到她不能忍受，將剩藥吐出來。

「不！」艾克特說。

「我要你看到她如何死去！就像我當初看我的愛人被搶走一樣！」莉莉絲說。蕾奧妮倒在一旁，陷入昏迷。

艾特克哭泣著說：「不，蕾奧妮！」他想要掙脫出來，但傷勢過重而使不上力。

此時，引路戒指綻放湛藍的光，那條鯨魚又復甦醒來，並逐漸地變大。空間內溢滿了藍光，更像是海水氾濫。艾克特解開了束縛，並拔起他左腰的寶劍，在藍鯨的光芒下，他奔向莉莉絲朝右肩砍下去。

莉莉絲大叫，並說：「我不會死！我不會死！」但悲傷的艾克特仍然揮舞著，砍了心臟、腰部、首項。莉莉絲確實逐漸拼回原形，那是上帝給她的超能力。

艾克特彷彿透過空氣中的鯨魚，聽到湖中女神的聲音，她說：「快逃，趁我還有能力制止她成形之前，帶著蕾奧妮逃離這裏！我的鯨魚會帶路，使你們平安。」艾克特將蕾奧妮抱起，並撫著她的額頭說：「撐著，蕾奧妮，沒事，一切沒事！」他的淚水滴下來了。

湖中女神說：「快走！艾克特！沒時間了！」

艾克特帶著蕾奧妮奔出了城堡。

讀者致歉函

我將為讀者獻上萬分的歉意
因我誠實地撒謊，說了
一首詩的真實
並說服出版社宣傳它
在發表會上，說明杜撰的眾神
並簽上祭司的名字，供讀者信仰

我也將為讀者獻上歉意
因為那首詩並不以為意

仍在文學史中招搖、撞騙
以它柔軟的語言和窒息的腔調
傳揚夢中聖殿，和登堂上
存在即不存在的天空和倒影

那樣偽善的福音
我將為讀者獻上歉意
那首詩歌並非有心要欺瞞
它只是伸了伸腳，進入半掩的黃昏
向黑暗索取了真實
並不洩漏底細

評〈讀者致歉函〉

今晚如此寂靜，窗外月光朦朧，終於，書桌上疊著一整份寫好的稿紙，我的評論告一段落，我的筆終於可以停下來，不再受寫作的勞苦所煩憂。這三十首詩各自獨立，成為自己的小宇宙，綜合讀下來，卻又呼應了艾克特和蕾奧妮的傳奇，組成了一首龐大敘事詩，一個完整的宇宙觀。親愛的讀者，你可以像一般人，捨棄我的評論而只讀詩歌，或成為進階的讀者，一邊讀詩一邊讀評論，然後深入了解其中原委，也可以讀完詩再讀評論，總之有多種讀法。但我要向你致歉，因為我思索故事走向時，決定寫一齣悲劇，其次，我還要致歉故事的虛構性，就像你讀過的任何經典，它們巧行欺騙，向讀者撒謊，使你以為身處真實的世界。我曾經讀過一句名言，出自於福爾摩沙詩人，他說：「上帝給了我一首詩，和良心／要我在兩者之間選擇」。詩人選擇背叛自己的良心，虛構一首詩，以柔軟的語調，讓讀者以為有一座真實的天堂，這是身為造物主的所有作家之通病，我也如此。

寫完評論之後，我感到如釋重負，我要到林中散步，即便近子夜了。現在請讀者透過我的行為，想像另一個的世界的艾克特和蕾奧妮：我披上外套，走出家門，進入林間，星子透過層層的葉子向我眨眼，在想像力用盡之後，我感到極度的疲憊。晚風涼爽，清風吹入我的衣襟，我感到滿足而喜悅。最後我沿著小徑走出了林外，看到最美的月圓。同樣地，負傷的艾克特也為蕾奧妮披上大衣，抱著她悲傷地走出了城堡大門。他抱著冰冷的蕾奧妮，透過指路的星子穿越了森林。艾克特在打鬥之後，感受到全身的疲乏和疼痛，雙手也漸漸失去力氣無法抱好蕾奧妮，但就算死了也要將她帶回家。風吹入艾克特炙熱的胸膛，卻化不開他的哀愁。蕨類低頭垂著露水，蘑菇也發出黯淡的光。他最後走出了森林，看見一輪久違的明月，之後朝東往家鄉走去。我能想像他的背影漸漸消逝。

現在，我走到家，鎖了門，回到書桌審視自己的稿子，滿足而安詳。艾克特和蕾奧妮的故事告一段落，將不再有任何的續集，如果有人想要重新編輯，或再行敘述，讓男女主角再次歷險，可能是一次喜劇，我在此宣稱這並非我的本意。各位讀者，文本是開放的，你也可以寫一齣屬於自己的騎士故事，我豈能阻止你的再次闡述呢？

所以先這樣吧，我也將睡覺了，那麼，晚安。

★★★★★

「蕾奧妮，我們走出了森林，你看，我全身沒事，那些傷痕是畫上去的，這些血也只是假象。反倒是你，在這場打鬥中還好嗎？故事已經結束了，我不再是文學騎士，你也不再是歷史騎士，我們從『造物主』的敘事中暫得解脫。在新故事開始之前，在被重置以前，我們的記憶還沒被洗去，所以現在是逃跑的機會，相信我，我們會逃到一個美善的所在，而非另一場噩夢的開始。我們要快樂一點，不要對未知感到憂懼。

普拉斯告訴過我，遠方有一道大門，那裏閃著明亮的光，那是我們逃脫的出口。但在門前有一道寬廣的懸崖，許多人試圖橫越卻落入其中，在渾沌中遭受永恆的死。唯一的方法是透過堅定的想像力，那可以創世、可以創造宇宙的龐大動力。所以，蕾奧妮，讓我們開始勇敢地想像。

你看，我們逐漸長出翅膀了，全身散發耀眼的光芒，像伊卡洛斯一樣，我們要逃離這座文字迷宮。你害怕高嗎？你害怕跌落嗎？我們要想像自己異常地堅強，我們要飛過幽谷。

握緊我的手，看，我們飛起來了。我們要衝破迷霧，我知道你害怕下面的萬丈深淵，不要往下看，讓我來引路，也不要害怕，有我在。

對，就是現在，我們衝破那座大門，新的未來才正要開始……」

♛ 寫給過去的未來史（跋）

爲了彌補燒掉的重要稿子，我花一個禮拜的時間致電魯戈瓦，透過地下管道終於要到〈科索沃獨立宣言〉。工作帶來的忙碌和對戰事的關心，讓我忘了黑衣人和那天下午的不快。但在今早，當我才剛到辦公室要泡一杯咖啡，那黑衣人又立即闖了進來，彷彿這就是他的辦公室。隨後，他又將桌上擱置的〈科索沃政治發展與演變〉丟到爐火，我大叫了一聲並飆了些髒話，並說：「Shko n'kar!」（你最好給我滾！）他則不疾不徐地說，那篇是間諜寫的，爲了製造假情報，以假亂眞，阻饒科索沃的建國。

我則回答：「你最好有充分的證據。法茹克．貝果里（Faruk Begolli）是歷史專家，他的文章極具公信力和影響力，我花了好久才邀到稿，再說，我跟他是老朋友了，我清楚他的政治傾向！」

黑衣人則說：「你如何確定這篇是他寫的？你怎麼和他邀稿的？發電子信箱嗎？你怎麼能確定收信人就是他？現在戰亂時刻，你怎麼能確定他是死是活？會不會是另一個人冒充他來散播有毒思想？寫這篇文章的就是假的貝果里，他潛伏在解放軍之中，實則是敵營南聯盟的人，但為了得到解放軍的信任，他又潛伏到南聯盟偷取情報，最後他為了搏取北太平洋公約組織的信任，又背叛了前面兩著，甚至背叛了自己，背叛了那假的貝果里。」

誰會相信他的廢話呢？雖然我已經很久沒見到貝果里了，只能以通信往返，當然有時也懷疑他是否被南聯盟抓了，又或者逃到美國尋求關護。但根據他和我通信的語氣，以及他陸續發表的文章，我相信他還活著，仍然鼓舞著革命軍的反擊。

黑衣人又問我：「你看完我帶來的《騎士詩歌集》了吧？」

「早看完了。」他毀了我辛苦的雜誌編輯，給我假資訊，又丟給我一本莫名其妙的作品要我讀，我打從心底厭惡這個人了。我繼續說：「那是一本非常糟糕的書，書中太多虛構，搞到最後我都分不清眞假了。還有，那位哈略特也太可笑了，爲何不好好地做考據呢？他將詩歌硬解說成艾克特的一生，在我看來，這根本強渡關山。」

「你爲什麼這樣認爲？」

「你看，光是序就有了瑕疵，故事提到艾克特帶回了蕾奧妮，城裏的人歡聲雷動，並說一定是他們的愛感動了上蒼，但為何我讀了故事卻發現這是場悲劇，蕾奧妮死在艾克特和女巫的戰鬥中？」

他似乎理解我的問題，並試著要和我和解，因此他釋出善意，說道：「這是我喜歡的結局，我喜歡悲劇。正如同我知道你只讀喜劇。但如果要你編排這本，你會怎麼做呢？」

「這很簡單。」我看了原序，並在白紙上抄下三十首詩名，剪下並打亂，然後拿出編輯的看家本領還有說故事的能力，想了想，最後出現這樣的序列。對此我相當滿意，並且建議他，這才是正確的閱讀方法：

詩序	名稱	故事情節
11	獅子	彷彿荷馬寫下《伊里亞德》之前召喚繆思女神，哈略特也邀請靈感降臨，爲這偉大的愛情做注疏。
27	秋季在 Burg Kriebstein	從前，在一座城堡，有一對恩愛的伯爵與夫人，他們有一位獨生女，以男孩的樣式養大，並取名爲雷奧尼。雷奧尼有兩位玩伴，他們是一對雙胞胎，叫做艾克特和貝德維。
9	隱匿的花園	有一次，在晴朗的夏天，他們三人一同嬉戲，雷奧尼問艾克特和貝德維是否聽過一個傳說，在隱匿的花園中有一座巨大的迷宮。

1	伊卡洛斯	艾克特提議不如一探究竟，卻沒想到他們深入花園時，也陷入迷宮之中，無法脫身。最後他們齊一心志，才得以脫困。此時，他們感受到彼此的友誼更加緊密，成爲了死黨。
876	天使之書	這群死黨逐漸長大，並在騎士競賽中獲得佳績，受封爲聖十字騎士團成員，分別爲哲學騎士、文學騎士、和歷史騎士。
3	伊曼努爾・康德	在册封典禮上，女王賦予他們的任務即是保衛歐洲，並維持和平。
12	一千零一夜	這群死黨總是一起出任務，遊歷了各個時空，遇到各種故事。

詩序	名稱	故事情節
17	薛丁格的貓	在歷險之中，雷奧尼漸漸愛上兩位雙胞胎，但不知怎麼選擇，也不知怎麼坦承自己身爲女性的眞實身份。
2	搶救動物大作戰	在最近一次任務，他們被指派救出某地的村民。
4	不存在的騎士	他們在途中迷了路，所幸沿路有許多的線索和動物的幫忙，只要按圖索驥，就能到達目的。
16	獨裁者字典	雷奧尼發現這些村民像是受到了控制。
24	鹿	並且，他們不斷傷害彼此。

5	基督之書	三位騎士發現作亂的是當地良善的白袍巫師，因爲過於生氣而使用了黑魔法。
28	魔王	他抓了許多村民，準備殺掉。
18	命案現場	三位騎士俠義而來，讓巫師更加地生氣，決定大開殺戒。
26	莉莉絲	在雙方纏鬥的同時，巫師透露出憤恨的原因：他曾有過一個戀人，是居於森林深處的和善女巫，名叫莉莉絲。
10	蘑菇	巫師和莉莉絲相戀，倆人常在森林漫遊採集蘑菇，並討論巫術。
13	愛因斯坦的夢	有一天，當他帶著蘋果，拜訪自己的情人。

詩序	名稱	故事情節
23	戀人的翻譯學	巫師發現人去樓空。他聽到傳來的呼聲，他試著翻譯、理解，發現是莉莉絲的求救。
19	最後一次說我愛你	他趕到現場，發現莉莉絲被綁著，村民將瘟疫和飢荒怪罪於她之上。莉莉絲最後一次道出對巫師的愛。
21	祝福你	並獻上祝福，祝他能找到更好的情人，而後在巫師的面前被燒死。巫師呼喊，在憤怒之下決定復仇，他殺了那些處決莉莉絲的村民，並控制其餘人等，仍反抗的，則是抓起來折磨致死。

22	鏡中鏡	他的憤怒延燒至今，發狂的巫師已不可控制，繼續和騎士打鬥。艾克特和貝德維合作無間，彷彿倆人合而爲一。但艾克特爲了救貝德維，而受了傷。
20	懷人	雷奧尼擔心艾克特，想起當初與兄弟倆在一起時，那快樂的時光。
29	旅行排練	他害怕艾克特的死去，說出了身爲女性的實情，並發現自己對艾克特的愛多過貝德維。
25	湖中女神	在重傷之中，艾克特微笑了。此時四周發出燦爛的光芒，女神突然降臨，並告訴巫師他的情人莉莉絲在另一世界過得安好。巫師知道有人能理解自己的思愁，也就逐漸氣消，釋放了村民，並不斷哭泣。

詩序	名稱	故事情節
14	愛人的彼此朗讀	一旁的蕾奧妮、艾克特、和貝德維也感到心疼，在安頓好巫師後，也就啓程歸來。此時艾克特與蕾奧妮更加確認關係，他們之間的愛情也得到貝德維的祝福。
15	致未來，遙遠的生活	若干年後，艾克特與蕾奧妮結了婚，過著幸福快樂的生活。
30	讀者致歉函	哈略特停筆，並告訴讀者：「故事完滿地進入尾聲。」

黑衣人說：「這是你的喜劇版本，而非哈略特的，所以現在有兩種閱讀方法，兩種結局。」並解釋：「這詩集是本虛構史，沒有人能說清楚作者是誰。有人說是艾克特，有人說是艾克特四處採集的佚名詩，有人說故事是哈略特所編輯，艾克特只是他想像的人物，或者眞地是他的好朋友。我們對哈略特一無所知，他可能也是虛構的，可能是哪個當代人寫下的故事人物，可能是我創造的，也可能是你，也有可能是哪個福爾摩沙詩人。但就我所知，那位詩人的生活並未與詩太多關連，他否認曾寫過這些詩，他宣稱自己不是詩人，他不是詩中的敘事者。」黑衣人甚至提到最詭辯的邏輯：「在最源頭的作者還沒找到前，我們可以想像，這或許是人工智能的產物。如萊布尼茲製造的眞理機器，透過水力的轉動帶動齒輪，撿好相配或是相斥的文字，並瘋狂地排列成合邏輯的作品。在戰亂時資訊有限，所有來源都不可信，你難道不曾懷疑，你從科索沃拿到的文章也都是這樣的成果？」

「沒有人像你一樣疑神疑鬼。」我說。

「所以你相信這本詩歌集的出處？」他一副不可置信的樣子，並繼續問：「你知道我是誰嗎？」

「我怎麼會知道？我只知道你打擾我的編輯，難道你是南聯盟派來的？」我開玩笑地說。

他說：「你看看我。」說完便將大衣取下。我看到他和我有相同面貌，同樣的髮型、眼神、還有微笑，我感到相當驚訝。我們比雙胞胎更像同一個人，唯一不同的，是他的身體四處有刀疤和被凌遲的傷痕，他甚至少了右眼。他說：「我就是你，你就是我。差別在於你成功逃離了戰爭，得到瑞士政府的庇護，得以在這邊發行刊物，資助革命。另一個命運的你，則沒有這麼幸運，逃到了邊境被南聯盟攔下，丟到了監牢並承受極大的凌辱。」原來他要我排出另一種騎士喜劇，是爲了要告訴我，在另一個時空，我可能沒那麼幸運，我可能被抓或被殺，我甚至可能是革命軍，飄零的難民，批判政府的學者，或是南聯盟的壞蛋。在這麼多的結局之中，我只選擇了最僥倖的一個，然而衆多的我卻因此必須選擇另一種命運，有人因此死去了，有人好不容易到我面前，如這位另一個我，爬過煙硝和死亡，來告訴我事實的眞相。我們的命運交織成完整的世界，我不再懷疑這本虛構的詩集，它也是完整世界的一部分，一種生命的線索。

後續

「艾克特，請把餐桌收拾乾淨。對了，我們在前院種滿鬱金、翠菊、和百合，在紅牆邊種常春藤，明年時它將爬過整座牆，然後在朝北的小門種植一叢勿忘我，你覺得這樣好嗎？」

「嗯……」

「艾克特，你在想甚麼？」

「甚麼？你剛說甚麼？」

「我說，你在想甚麼？」

「我正在想……如何構思一幅畫……。明天我們去散步好嗎？」

「好呀！就跟平常一樣，到那裏的林徑，這時應該開滿了許多花，我們可以牽手、歌詠、跑去戲水，等到時間晚了再回家。」

「我想在那裏畫一幅滿是罌粟的風情畫，並把你畫上去，要畫上微風，不畫冷雨，畫上晴天，不畫陰天。」

「你要喝杯晚安茶嗎？」

「好的，謝謝。」

「我等會爲你彈琴好嗎？你喜歡藍色狂想曲，還是蕭邦夜曲？」

「都可以，我只想坐在琴邊看報紙。」

「明早我想上超市買些蔬果，需要爲你買些甚麼嗎？我要繞道去買些顏料嗎？」

「不用了，目前都還足夠。你看報導，又發生一起恐怖攻擊，在另一個國度……」

「那一次是恐怖攻擊，又或許是一件意外。我已經不太去回憶那些事了，如今只安於我們的新生活，一切重新開始。在這座紅色的小屋，我們清幽的家園，偏安，卻如此真實。」

「……」

「親愛的艾克特，已經深夜了，我們收拾好散逸的樂譜和報紙，然後走上閣樓。我們不必再多慮，熟睡前不再擔憂記憶的消逝，夢中也不再任人擺佈，也不必擔心明天張眼是另一個未知的世界，並不斷質疑我是誰。我屬於你，你也屬於我，在夢境與在現實中，我們將不再分離。艾克特，讓我們安祥地閉上眼，並做一場未來的美夢。」

寫給讀者，和楊牧

親愛的讀者，和楊牧老師，希望你們最近都好。

一

在蘇黎世，除了忙於課業和寫評論，有時也在臉書看台灣新聞，我最愛聽民歌〈帶你回花蓮〉，每在Youtube聆聽總會不自覺得哭泣，想起了台灣。我也投身於「每天為你讀一首詩」的網路平台，有時化身為文學騎士（不知是故事中的艾克特成為我，還是我成為艾克特，又或者我就是我），參與台灣詩歌的介紹。在這幾年，確實可看到讀詩的風氣提升，新生代詩人背後有大群的讀者，他們的作品也都重版出來。

或許這也是改變台灣詩歌史的時機。

在台灣當代詩歌，「抒情傳統」是無可避免的意識形態，代表了詩作為詩人之抒情與觀照，是興與怨、情與物之間的辯證。然而，這樣的傳統卻可能限制了作品，讓作品必須反映作家的感情。

作為這一代詩人所擁有的「影響之焦慮」，必須思考該如何在「抒情傳統」之外開疆闢土。在上一本詩集《哲學騎士》，我虛構了一位騎士在世界各地採集了詩歌。我以這種手法讓讀者產生「詩」來自於「不知名他者」之幻覺，使「詩」與「詩人」脫鉤。我對於這樣的解套方式感到新奇，一來避免了「抒情傳統」強調的「詩歌是詩人自我抒情」，二來將小說的「後設手法」帶入詩的形式，使詩與小說的分野更加模糊。

在《文學騎士》，我想將一本「詩集」的架構更為複雜，朝向更多可能。我帶入所有西方後設小說的手法。如納博科夫(Vladimir Nabokov)的《幽冥的火》讓詩歌、評論、小說互相應證與輔助；卡爾維諾(Italo Calvino)的《命運交織的城堡》將塔羅牌的順序換置後，產生新的故事；科塔薩爾(Julio Cortázar)的《跳房子》也將小說片段重新排序，造成另一種敘事結果；《一千零一夜》中的大故事中又有小故事，像剝除俄羅斯娃娃所剩最後核心。這麼多文本讓《文學騎士》成為一本非常複雜的後現代作品，由許多主軸的故事構成，彷彿迷宮，讀者若不經意忽略了某個情節，將會迷失。

這本後設的「詩集」融合了小說與評論。三十首詩透過一個說故事的方法被串起，敘事方式則以評論為主，因此既是小說，又是評論。最明顯的例子則是〈愛人的彼此朗讀〉一篇，以評論的方式虛構一位德國詩人的一生。另一個後設寫法，則為故事中有故事又有小故事，因此，第一層的故事背景為當代蘇黎世，第二層為哈略特虛構的騎士故事，第三層為騎士故事之中更小的故事，隱藏的故事情節為艾克特和蕾奧妮的逃出。

二

作品最初設定的背景在蘇黎世，一位逃離科索沃戰爭的編輯在印製地下刊物。他遇到一位神秘人士，神秘人士給這位編輯一本名為《騎士詩歌集》的詩集，敘述一位文學騎士遊歷各個時空和世界，將收集到的詩歌，交付於歷史學家哈略特編輯成冊。哈略特寫下評論與分析，紀錄每首詩背後的各國風俗與思維，以及騎士選擇這些詩歌的緣由與故事。

透過哈略特的口吻和評論，讀者知道這三位騎士的故事：文學騎士艾克特與哲學騎士貝德維為孿生兄弟，皆迷戀另一位歷史女騎士蕾奧妮，蕾奧妮最後選擇了艾克特，並和他訂下終身。然而蕾奧妮卻因為某些原因，不告而別。艾克特決定將她找回，同時，他也受命於女王，必須四處遊歷，採集詩歌。後來他在遊歷各國時，知道他的情人可能被森林女巫抓去，決定前去尋找。他深入女巫所在地方，發現了蕾奧妮。女巫想要殺了蕾奧妮以激怒艾克特。艾克特暫時戰勝了女巫，並帶著蕾奧妮逃跑。他仍無法挽回情人的生命。

騎士故事在發展的同時，另一條隱藏的故事軸正在醞釀。艾克特和蕾奧妮發覺自己在經歷虛構的生活，活在哈略特的想像世界，並上演著騎士故事。這對情侶意識到他們曾經有過真實的生活：蕾奧妮是音樂老師，艾克特是畫家，他們在火車上遇到恐怖攻擊而死去。之後，他們的靈魂待在黑暗之中，並被迫上演一齣騎士故事。他們的面貌、舉止、記憶完全地被抹去，只保留了同樣的名字。他們依照腳本重新相遇，再次成為戀人。現在，他們意識到背後的設局，決定趁著哈略特完成騎士傳奇的空檔，逃離他的想像，因為他們知道當故事完結，將被迫從想像中抹除，成為陌生人。

故事又回到蘇黎世，那位神秘人士再度闖進這位編輯的辦公室，詢問他是否閱讀完《騎士詩歌集》。編輯告訴神秘人士作品的不一致，並將三十首詩打亂，發揮想像力重新排列，成為另一個美好結局。之後，神秘人士揭下自己的面罩，這位編輯發現這位神秘人士就是他自己，差別在於那人有被凌虐的痕跡，是戰爭的倖存者。他知道原來人生的結局有多種可能，他自己幸運地逃離戰爭，另一種結局的他並沒那麼幸運，而是被敵軍羈押、凌虐，逃到蘇黎世，告訴他世界的諸多結局。

《文學騎士》的最後，艾克特和蕾奧妮這對戀人在騎士傳奇完結時，逃出了哈略特的想像，順利地進入了另一個領域，並在那裏過了後半生。

三

《文學騎士》可視之為擁有四種結局，端看讀者著重於那種故事主軸，或哪種真實。第一種結局為哈略特敘述中的艾克特與蕾奧妮的騎士悲劇，第二種為蘇黎世的編輯創造的騎士喜劇，第三種結局為蘇黎世的編輯與神秘人士之間的故事，第四種結局，則建立在第一與第二種結局之後，為艾克特與蕾奧妮逃離的結局，為真正的總結。我稱之為四種結局，並非傳統如符傲思 (John Fowles) 的《法國中尉的女人》，讓讀者選擇在兩種開放的結局中擇一，並捨棄另一種可能。在《文學騎士》則真地坐實了四種結局，每一種結局都有可能，也都已發生。

世界主義的主題在我早期的詩歌已逐漸醞釀。從組詩〈歌聲與苦難〉寫愛爾蘭獨立，〈中國城〉與〈美國鎮〉的華裔移民、〈無頭幽靈〉寫八二三炮戰、〈博物學研究記錄綱要〉的宣教史、〈布拉格1968〉的布拉格之春，到《文學騎士》的大背景科索沃獨立戰爭、〈獨裁者字典〉嘲諷納粹、國民黨等任何獨裁政權、〈愛人的彼此朗讀〉為德國近代史與猶太大屠殺、〈莉莉絲〉提過水晶之夜、〈伊曼努爾・康德〉向世界主義的濫觴，也就是康德的作品〈朝向永久和平〉(Zum ewigen Frieden) 致敬、〈鹿〉的恐怖主義、和〈魔王〉的敘利亞難民潮。我強調的是戰爭、後殖民、離散 (diaspora)、民族意識、與獨立。

在這本書呈現了「兩種命運」的世界觀：艾克特與貝德維可視為兩種命運，艾克特與蕾奧妮相戀，而貝德維卻不曾。蕾奧妮為女主角的生活，雷奧尼為女扮男裝的生活。這對情人的結局可以是悲劇或喜劇。蘇黎世編輯幸運逃過戰爭，平行世界的他則被凌遲。〈評愛人的彼此朗讀〉中有約阿希姆對命運發展的各種想像。〈薛丁格的貓〉亦是在這樣的命題下所寫成，盒中的貓可能是死，也可能是活。

詩歌參照了諸多文本。〈基督之書〉可視為〈Thunder, Perfect Mind〉的擬寫，〈魔王〉脫胎於舒伯特的〈魔王〉。〈鏡中鏡〉參考了詹澈的〈兩面鏡子〉，標題來自於Arvo Pärt的同名歌曲〈Spiegel im Spiegel〉。〈蘑菇〉源於普拉斯作品〈Mushrooms〉，差別在於普拉斯寫底層人物被壓迫的聲音，我想寫小人物耽溺於以正義之名的暴力，或平庸之惡。〈旅行排練〉與楊佳嫻詩歌同名。其他如羅智成、和與我同輩的詩人，都是三十首詩歌珍貴的靈感。

這本作品，透過一連串的後設來瓦解詩、小說、評論，甚至瓦解作品本身，讓它充滿不確定。它的繁複性也遇到了內部矛盾。「造物主」哈略特完成騎士傳奇之後，艾克特和蕾奧妮已逃離故事，本不該再續前書，將故事更動為喜劇，然而我卻深愛重新解讀的過程，展現了「兩種命運」的主題。所以我留下原本設定好的喜劇結局，並借用哈略特的話為我開脫，強調後續的喜劇這並非哈略特本意，也就是說，上演的人物不再是真實的艾克特與蕾奧妮，讀者可以像蘇黎世的編輯，隨意拼湊三十首詩再造故事，沒有人因此犧牲，或受傷。這也是《文學騎士》的本意，讓讀者，以及你參與創造的過程。

國家圖書館出版品預行編目 (CIP) 資料

文學騎士 / 利文祺著 .
-- 初版 . -- 新北市 : 斑馬線 , 2017.01
面 ;　公分
ISBN 978-986-93908-3-5(平裝)

851.486　　105024045

作者　利文祺
編輯　蕭上晏
繪圖　鄭詠恩
封面設計　李霈群
內文編排　林易宣

發行人　洪錫麟
社長　張仰賢
製作　小朋友文化有限公司
出版者　斑馬線文庫有限公司
法律顧問　林仟雯律師

總經銷　楨德圖書事業有限公司
地址　新北市新店區寶興路 4 5 巷 6 弄 7 號 5 樓
電話　02-8919-3369
傳真　02-8914-5524

製版印刷　龍虎電腦排版股份有限公司
出版日期　2017 年 1 月
ISBN　978-986-93908-3-5
定價　350 元